풍석

국립중앙도서관 출판시도서목록(CIP)

풍선 / 정이현. – 서울 : 마음산책, 2007
p. ;   cm

ISBN 978-89-6090-024-0 04810 : ₩9000
ISBN 978-89-6090-026-4 (세트)

814.6-KDC4
895.745-DDC21   CIP2007003668

풍선

정이현

마음산책

풍선

1판 1쇄 발행 2007년 12월 10일
1판 4쇄 발행 2014년 3월 30일

지은이 | 정이현
펴낸이 | 정은숙
펴낸곳 | 마음산책

등록 | 2000년 7월 28일 (제13 – 653호)
주소 | (우 121-840) 서울시 마포구 잔다리로 3안길 20 (서교동 395-114)
전화 | 대표 362 – 1452 편집 362 – 1451   팩스 | 362 – 1455
홈페이지 | http://www.maumsan.com
블로그 | maumsanchaek.blog.me
트위터 | http://twitter.com/maumsanchaek
페이스북 | http://www.facebook.com/maumsanchaek
전자우편 | maum@maumsan.com

ISBN 978 – 89 – 6090 – 024 – 0 04810
     978 – 89 – 6090 – 026 – 4 (세트)

초록 반딧불처럼

그들은

날개 없이도

하늘을 훨훨

날아오를 것이다

풍선風船. 투명한 날개로, 하늘을 둥실 떠오르는 작은 배.

금세라도 뻥 터져버릴지 몰라.

입술을 오므리고서 힘껏 공기를 불어넣는 동안의 조마조마함, 바람이 새 나오지 않도록 주둥이를 꽉 잡아 묶는 순간의 아슬아슬함을 견뎌낸 자만이 하나의 둥그런 세계를 얻을 수 있다.

오랫동안 풍선을 무서워했다. 창공을 자유로이 떠다니는 색색가지 풍선들, 그 가벼운 부력에 매혹되었던 딱 그때부터였을 것이다. 어떤 공포는 미혹으로부터 나오기도 하니까. 누군가의 숨결을 간절히 기다리고 있는 작고 납작한 고무주머니를 선뜻 입가로 가져가지 못했다. 온 힘 다해 내 입김을 나눠주지 못했다. 겁쟁이의 청춘은 그렇게 흘러갔다.

그러나, 그건 진짜 청춘이 아닌 것을.

젊음의 날들이 미숙하면서도 아름답고, 암울하면서도 풋풋한 것은 언젠간 반드시 터져버리고 말리라는 예민한 긴장감이 바탕에 깔려 있기 때문이다. 구름 위에 달콤한 풍선들을 띄워 멀리멀리 날려 보내기 위해서는 후우, 후우, 풍선 부는 시간이 필요한 것이다. 못 견디게 두렵다면 눈을 꼭 감아도 좋다. 위태로워 더 황홀한 그 설렘의 힘으로 나는 오늘을 살겠다.

명랑한 청춘의 사랑아, 마음껏 풍선을 불자. 날리자. 날려버리자.
저기, 시력으로 가늠할 수 없는 세상의 끝에 살며시 닿도록.

이곳에 실린 글들은 소설을 쓰는 틈틈이 썼다. 소설 쓰기가 고통이었을 때, 산문 쓰기는 고통을 다독여주는 사랑스러운 알약이었다.
만약 언젠가 산문집을 묶는다면 〈마음산책〉과 하겠다는 약속, 3년 만에 지킨다. 오래 기다려주셔서 감사하다. 나를 나답게 만들어주는 마음 깊은 곳의 사람들과 술 한 잔 나누고 싶다. 조촐하고 다정하게. 찡긋 눈인사를 건네며.

2007년 11월
정이현

차례

 ## 시작되는 사랑은 반짝반짝 빛난다

얼음처럼 시린 눈동자로, 소년은 사막을 건너간다

그리운 것은 어쩌면 음악이 아니라 시간일 테니까

사각거리는 연필심 소리도 들려오지 않는다

사랑을 해본 사람들은 안다
분명히 '거는' 쪽이 더 아프다
그렇지만 '걸' 수밖에 없다
그것이 사랑이다

시작되는 사랑은 반짝반짝 빛난다

두고 온 것은
청춘

당신이 나를 떠나면 떠나는 것은 당신이 아니라
나입니다 그리고 내게는 당신이 남습니다

어떤 연인은 헤어지고 나서 친구가 되기도 한다. 그러나 절대로, 그럴 수 없는 사이도 있다. 〈조제, 호랑이 그리고 물고기들〉의 츠네오는, 여자친구 조제와 작별한 다음 혼잣말로 중얼거린다. "우리가 헤어지기까지 여러 가지 이유가 있었다. 아니다. 사실은 한 가지다. 내가 도망친 거다. 나는 다시는 조제를 보지 못할 것이다." 우정은 거리 조절이 가능한 관계에서만 이루어진다. 걷지 못하는 소녀 조제, 할머니가 주워 오는 책들을 닥치는 대로 읽는 소녀 조제, 사강의 소설 주인공 이름을 따 스스로를 조제라고 부르는 소녀 조제. 그 아이는 자신의 전 존재를 남자친구 츠네오에게 기댄다. 아니, 실제로는 그렇지 않을지도 모르지만, 츠네오는 아마 그렇게 생각했을 것이다.

시작되는 사랑은 반짝반짝 빛난다. 그러나 신비로운 마법의 시간은 곧 지난다. 일상 속에서 사랑은 더디게 부식한다. 전동휠체어를 거부하고 어디든 자신의 등에 업혀서 다니고 싶어하는 여자친구를 보면서 츠네오는 조금씩 지쳐가고, 표정은 차차 짜증스러워진다. 그리고 이것은 그의 잘못이 아니다. 그는 드물게 선량하지만 평범한, 고작 스물세 살짜리 남자아이일 뿐이니까. 조제가 자신에게 아주 많은 것을, 어쩌면 전부를 의지하고 있다는 걸 알지만 츠네오는 조제를 떠난다. 그래서 그는 '내'가 없는 조제의 삶을 멀리서조차 지켜볼 용기가 없다.

이 지점에서 조제와 츠네오의 사랑은 세상 모든 첫사랑에 대한 은유가 된다. 생애 처음으로 타인과의 내밀한 친밀감을 경험한 사람은, 미처 아무것도 '계산'하지 못한다. 상대방과 나와의 관계의 거리를 조정하지 못하고 맹목적으로 매달리고 이기적으로 투정부린다. 자신의 장애와 결핍을 상대방이 온전히 채워줄 수 있으리라 믿는다. '나'를 맡김으로써 사랑이 성립되었지만 역설적으로 그것 때문에 사랑은 붕괴되고 문득 이별이 찾아온다. "이별의 거울 속에 우리는 서로를 바꾸었습니다 당신이 나를 떠나면 떠나는 것은 당신이 아니라 나입니다 그리고 내게는 당신이 남습니다."(이성복, 「이별 1」중에서)

혼자 남은 뒤 전동휠체어를 타고 자전거들과 나란히 거리를 달리는 조제는, 더 이상 할머니의 낡은 유모차에 웅크리고 있거나 남자친구의 등에 업혀 칭얼거리는 예전의 조제가 아니다. 가장 무서우면서 동시에 가장 행복한 '호랑이의 순간'을 지나왔으므로 조제는 스스로의 밥상을 위해 '물고기'를 구울 수 있게 되었다. 바짝 구워져 접시에 담긴 물고기처럼 그 아이는 이제 담백한 삶을 살아갈 것이다. 츠네오의 후일담은 나오지 않지만 그 쾌활하고 쿨한 소년 역시 시끄러운 길가 한구석에 주저앉아 터트린 울음을 통해 한 뼘 자랐을 것이다. 두고 온 것은 사랑이 아니라 청춘의 한 시절이다. 그들은 각각 그 시간을 통과해 전과는 다른 존재가 되었다. 이렇게 현실적인 성장영화를 나는 본 적이 없다.

그해 여름은
지나갔다

너무 멀리 떠나와 버렸다는 자각보다
더 뼈아픈 것은, 돌아갈 수 있다고 믿는 헛된 희망일지도 모른다

사랑이 늙으면 통속이 된다. 〈비포 선라이즈〉의 속편이 〈비포 선셋〉이라는 이름으로 개봉된다는 사실을 알았을 때, 나는 두려웠다. 1995년은 오래전에 지나갔다. 어떤 청춘도 결국 소멸하고 만다는 것을, 그 시간들은 내게 담담히 가르쳐 주었다. 스물세 살, 순수한 유목민이던 제시와 셀린느가 서른두 살이 되어 어떤 모습으로 살고 있을지 나는 조금도 궁금하지 않았다. 제도의 안도 밖도 아닌 곳에 어정쩡하게 엉덩이를 걸치고 있으리라고 충분히 짐작할 수 있었다. 머물지도 못하고 떠나지도 못한 채, 얇은 사과 껍질처럼 무감한 생을 견디고 있으리라고.

예상은 빗나가지 않았다. 삼십대 초반에 다시 만난 그들은 한순간도 스스로가 행복하다고 말하지 않는다. 서로 경쟁하듯 삶에 대한 불만을 과장하고, 자조 섞인 냉소를 허공에 날린다. 구 년 전 그 하룻밤에 대한

추억은 종종 엇갈린다. 콘돔 상표까지 기억하고 있다는 제시의 말에 셀린느는 기억나지 않는다며 시치미를 뗀다. 과거는 돌이킬 수 없는 맨홀로 미끄러져 들어갔으며, 미래의 나날은 여전히 불확실하다. 시간은, 제시의 이마 한가운데 흉터 모양의 얄은 주름을 흔적으로 남기고 침묵할 뿐이다.

제시가 '보육원을 차린 수도승' 같은 결혼생활을 토로하면서 아이 때문에 이혼하지 못하고 있다고 강조할 때, 나는 셀린느 못지않게 당황했다. 빤한 통속의 레퍼토리를 뱉어내는 그의 눈빛에 진정성이 담겨 있었기에, 그만 질끈 눈을 감아버리고 싶었다. 강파르게 야윈 얼굴만큼이나 냉소적으로 변한 셀린느가 "그해 여름엔 희망이 넘쳤는데, 지금은……"이라며 말꼬리를 흐릴 때, 그리고 그날 밤의 섹스가 기억나지 않는다고 한 것은 내숭이었음을 고백할 때는, 바보처럼 조금 눈물이 났다.

시간의 파괴력에 대해 다루고 있다는 점에서 〈비포 선셋〉은 홍상수 감독의 영화 〈여자는 남자의 미래다〉를 떠올리게 한다. 〈여자는 남자의 미래다〉를 보고 나오는 길에 아마 나는 소주를 마시러 갔을 것이다. 홍상수의 영화는, 인간존재가 다만 생래적인 괴물에 불과하다는 것을 까발려 드러낸다. 잔혹하지만, 잃어버린 낙원이 없으므로 아플 것도 없다. 그러나 〈비포 선셋〉은 다르다. 이 영화는 인생의 어느 한 시절, 너도 '괴물'이 아닌 적이 있었다고 말한다. 극장을 나와, 술을 마시는 대신 나는 거리를 오래 걸었다. 바람이 반대쪽으로 불었다. 자동차들은 하나 둘 전조등을 밝혔다. 익숙한 도시의 길들이 미로처럼 느껴졌다. 너무 멀리 떠나와 버렸다는 자각보다 더 뼈아픈 것은, 아직은 돌아갈 수 있다고 믿는 헛된 희망일지도 모른다.

영화의 끝자락에서 둘이 함께, 셀린느가 살고 있는 아파트의 낡은 계단을 걸어올라가는 장면은 의미심장하다. 밤의 비엔나와 낮의 파리를 거쳐 그들은 마침내 생활의 공간에 당도하였다. 뉴욕으로 돌아가야 하는 출발시각이 얼마 남지 않은 채로, 제시는 셀린느의 소파에 편안히 파묻혀 있다. 영화는 거기서 갑자기 끝난다. 제시는 곧 일어나 공항으로 갔을 수도 있고, 셀린느의 방에 그냥 머물렀을 수도 있다. 재회한 뒤 입맞춤조차 하지 않았던 그들이 열정적인 키스를 나누고 변치 않은 사랑을 확인했을 수도 있겠다.

그리고 나서, 어떻게 되었을까? 삶은 구차하게 지속되는 것. 여기는 더 이상 1995년의 세계가 아니고, 나는 스물세 살이 아니다. 결말을 유예시킬 수는 있지만 머지않아 결정을 내려야 할 때가 온다는 것을 잘 알고 있다. 어떤 환희의 순간도 시간의 유한성 앞에 조롱당한다. 해피엔드의 찰나 너머 겹겹의 층위로 도사리고 있는 현실의 덫. 제시의 네 살짜리 아들과, 종군기자로 전쟁터에 간 셀린느의 애인 때문만은 아니다. 각자 귀환해야 할 일상은 동굴 같은 입을 벌리고 그들을 기다리고 있다. 영화의 시간은 미완으로 끝나지만, 그러므로 오히려 사랑은 통속의 공포를 피해 더욱 아련한 신화로 봉인되었다. 그 매혹적인 기만은, 현실의 시간을 잔인하게 위무한다.

연애의 바깥,
바깥의 연애

누군가를 칼로 베는 순간, 비로소 내 등을 찔렀던 사람을 이해하게 되는 것

영화는 밤 열한 시에 끝났다. 지하 2층에서 지상으로 올라오는 엘리베이터 안에서 갓 스물을 넘겼을 것 같은 남자아이가 제 여자친구를 향해 커다랗게 투덜댔다. "뭐야? 생각보다 안 야하잖아. 그리고 저 여자 진짜 웃기지 않냐. 남자 진심을 알면서 어떻게 저런 짓을 할 수가 있냐." 여자아이가 남자친구를 째려보았다. "무슨 소리야? 어쨌거나 성추행 맞잖아. 강혜정이 처음에 계속 싫다고 했는데 박해일이 강제로 한 거니까." "웃기네. 그게 왜 강제야. 지도 좋아서 한 거지." 엘리베이터는 곧 땅 위에 도착했고, 남자아이와 여자아이는 두 손을 꼭 맞잡은 채 깜깜한 밤거리 속으로 사라졌다. 혼자였으므로, 나는 그저 우두커니 그 자리에 서 있었다. 영화 한 편을 보았을 뿐인데, 이상하게 피곤하고 멍했다. 드문드문 자동차가 오가는 한밤의 도로, 네온사인이 가로등처럼 깜빡거리

는 빌딩들. 모든 게 그대로였다. 어디선가 신경질적인 클랙슨 소리가 들려왔다. 기묘하게도 이 통속적인 풍경이 몹시 낯설게 느껴졌다. 이곳이 거대한 세트장 안이라는 것을, 지금까지 몰랐다.

나에게는 이유림과 최홍이 각각 남성 일반과 여성 일반을 대표하는 인물이 아니라, '상처 없는 인간'과 '상처 있는 인간'을 상징하는 것처럼 여겨진다. 나는 치명적인 것을 잃어본 적 없는 사람들이 무섭다. 그들은 스스로를 지나치게 신뢰하는 나머지, 타인에 대해 아주 쉽게 품평하고 또 충고한다. 오만한 계몽의 태도로 자신과 다른 타인의 방식을 '바로잡아' 주려 한다. "교직 세계도 분위기 봐서 밀고 당기기만 잘하면 성공한다"는 것이 선임교사 이유림이 멀뚱한 교생 최홍에게 들려주는 자신만만한 어드바이스이며, 이는 연애 혹은 남녀상열지사에 관한 그 남자의 가치관이기도 하다. 육 년째 사귄 가족 같은 애인이 있으며, 가끔씩 들키지 않을 만큼의 강도로 '딴 짓'을 하는 그 남자의 영혼은 솔기 없이 매끈하다. 그는 뺀질뺀질한 성공철학은 가지고 있으나 실패에 대해서는 생각해본 적 없는 인간이다. 실패 뒤에 찾아올 크나큰 절망과 자기모멸, 잠을 이룰 수 없어 뒤척여댈 밤들, 이마 한가운데 깊게 패일 흉터, 더 다치지 않기 위해 짓게 될 냉소의 표정. 그런 것들에 대해 그는 알지 못한다. 그러니까 이유림의 입장에서 보았을 때 〈연애의 목적〉은, 뒤까불어대던 장난꾸러기 소년의 비정한 성장담일지도 모른다.

마지막 순간, 넥타이를 맨 일군의 아저씨들 앞에서 최홍이 내린 선택에 대해서는 백 퍼센트 공감한다. 그것은 선택의 차원이 아니라 절대적인 사회적 약자로서 생존의 문제이기 때문이다. 자신을 지키기 위하여, 살의 없이도 상대를 내쳐야 하는 때가 있다는 걸 그 여자는 이제 알게 되었을 것이다. 누군가를 칼로 베는 순간 비로소, 그전에 내 등을 찔렀던 사람을 이해하게 되는 것. 세상이 그런 방식으로 굴러간다는 교훈을 얻는 일이야말로 연애의 진정한 목적이다.

"할래? 말래?" 연애란, 그저 그렇게 남녀 개인의 은밀하고 사적인 영역일 뿐이라고 믿는가. 〈연애의 목적〉은 바로 그런 당신의 뒤통수에 서늘한 얼음을 가져다대는 영화다. 이곳은 거대한 세트장이며 시스템은 공고하다. 다만 한 걸음만 잘못 디디면 개인의 사생활은 '사회적인 어떤 것'이 되어 객사한 거지의 동냥그릇처럼 거리 한복판에 까발려질 수도 있다. 우리는 끝없이 연애의 바깥을 꿈꾸지만, '바깥의 연애'가 존재하기나 하는 것일까. 세트 바깥으로 향하는 길을 내는 일은 가능한 것일까. 로맨틱 코미디로 위장한, 장르를 알 수 없는 영화 〈연애의 목적〉이 당신에게 묻고 있다.

사랑이라는
이름의 정신

아무에게도 사랑받지 못하고 모두에게 버림받은 채
만신창이가 되어 쓸쓸히 늙어가리라는 공포

내가 지금 뭘 본 거지? 엔딩 크레딧이 올라갈 때 그저 망연해지고 마는 영화가 있다. 〈혐오스런 마츠코의 일생〉처럼. 머리칼을 쥐어뜯을 여력도 없고, 어느새 눈가에 고인 눈물을 닦을 틈도 없다. 늘 우울한 아버지를 미소 짓게 하려고 제 얼굴을 우스꽝스레 찌그러뜨리던 작은 소녀. 그녀가 사회로부터 격리된 정신병자 노파가 되어 변사체로 발견되기까지의 기나긴 인생여정은 그야말로 드라마틱하다. 때론 지독한 처절함으로 때론 과도한 유쾌함으로, 영화는 코미디와 비극 사이를 정신없이 오간다. 혐오스러우며 아름답고 고통스럽지만 사랑으로 가득 찬 마츠코의 일생을 훔쳐보고 나서, 나는 몹시 혼란스러워졌다.

여기 심장 한 귀퉁이가 움찔움찔 들썩이고 있는 건 분명한데 이걸 '감동'이라고 불러도 좋을까? 아아, 모르겠다. 그럼 주인공 마츠코에게 진한 동질감이라도 느낀 걸까? 세상에, 말도 안 돼! 나만이 아니다. 마츠코가 어떻게 살다가 어떻게 죽었는지 안다면 어떤 여자라도 질겁하며 손사래 칠 것이다. 그녀는 어쩌면 이 세상 젊은 여자들이 내면 깊숙이 숨겨둔 불안감을 적나라하게 자극하는 존재다. 아무에게도 사랑받지 못하고 모두에게 버림받은 채 만신창이가 되어 쓸쓸히 늙어가리라는 공포. 그녀의 잘못이라면 타인을 향해 눈꼽만큼의 의심이나 계산도 할 줄 몰랐다는 것, 지지리도 운이 없었다는 것, 그리고 자신의 선택에 언제나 열심히 최선을 다했다는 것뿐인데 말이다.

그러니 어찌 반문하지 않을 수 있겠는가. 사람을 만나면 계산기 먼저 두드리고, 면도칼로 손금을 그어서라도 운명을 거역하고, 생에 대한 애절한 집착 없이 설렁설렁 살았다면 마츠코도 행복해질 수 있었다는 건가요? 그러나, 이 물음은 성립되지 않는다. 하나의 사랑에 빠질 때마다 발 딛고 선 삶의 조건이 밑바닥을 향해 한없이 곤두박질쳤을지 몰라도, 정작 그녀는 불행하지 않았으므로. 사랑이라는 이름의 진흙탕을 뒹구는 동안, 혼자가 아니라서 그녀는 안도했다.

마츠코가 만났던 남자들이 얼마나 못돼먹은 놈들이었는지 구구절절 늘어놓지는 않으련다. 한때 사랑했던 사람들에 대한 험담을 그녀가 별로 좋아하지 않을 것 같으니까. 의리의 화신 마츠코라면 틀림없이 그럴 것이다. 그녀는 상대를 먼저 배신한 적이 없다. 늘 백 퍼센트의 순수와 충만한 열정으로 사랑에 몰입했다. '당신과 함께라면 어디라도 좋다'는 그 선의를 이용해 쪽쪽 피 빨아먹는 인간들을 위하여 그녀는 차라리 소신공양의 길을 택한다. 자신의 몸뚱어리째 제물로 바치는 것이다. 인간의 가치는 누구에게 뭘 받았느냐가 아니라 뭘 주었느냐의 문제로 결정된다는 화두가 관객을 아프게 충격한다.

살다 보면 누구에게나 불쑥 '왜?'라는 질문과 맞서야 하는 시간이 온다. 왜 그는 나를 떠나는가? 왜 문은 항상 내 앞에서 닫히는가? 왜 유독 내게만, 삶은 험상궂은 적의를 보내는가? 왜? 왜? 왜? 꼬부라진 의문부호들은 다만 막막하게 침묵한다. 그 침묵의 벽 앞에서 홀로 절규했던 마츠코는 그러나 마지막 순간에도 어둠을 향해 비틀비틀 제 발로 걸어들어간다. 이제 그녀는 담담히 긍정할 것 같다. 내 인생을 나락으로 떠민 것은 그들이 아닌 나였다고. 그렇지만 결코 후회하지 않겠노라고. 다시 산대도 삶을 빈정거리거나 도망가지 않겠노라고. "다녀왔어"라고 인사하면 "어서 와"라고 받아주는 사람과 체온 나누며 살고 싶다는 꿈을 죽어도 포기하지 않겠노라고. 그 꿋꿋하고 순결한 정신에, 한숨 대신 박수를 보낸다.

그냥 아침에 눈 떠지면
사는 거야

숨넘어가게 웃었다.
정신을 차려보니, 어라, 눈가에 예상치 못한 눈물이 맺혀 있다

'빤쓰' 하나 바꿨을 뿐이다. 담벼락 아래 빨래하시던 둘째 할머니, 햇빛 아래 드러난 낡은 속옷을 치켜들고는 불현듯 깊은 한숨을 내쉰다. 그리고 난생 처음 화려한 색깔의 팬티를 사 입는다. 낡은 고쟁이처럼 나달나달 닳아가던 세 자매가 꽃분홍색 새 팬티로 갈아입고 난 뒤 엉덩이를 살랑살랑 흔들며 거리를 활보하는 장면을 보면서 나는 숨넘어가게 웃었다. 정신을 차려보니, 어라, 눈가에 예상치 못한 눈물이 맺혀 있다.

인간이라는 존재의 가여운 속물성에 대해 이만한 위트를 가지고 서늘하게 통찰하는 영화를 최근에 또 본 적 있던가? 정직하게 고백건대, 기억나지 않는다. 그리고 크게 외치고 싶었다. 미안해요, 미처 몰라봐서. 시트콤 〈올드 미스 다이어리〉를 즐겁게 시청했지만 영화제작 소식을 듣고선 좀 의아했던 게 사실이다. 무슨 깡이지? 미자와 지 피디의 19금 에

로신이라도 듬뿍 담을 예정인가? 그렇지 않고서야 200회 넘도록 사소하게 굽이굽이 흘러온 시트콤의 서사를 어떻게 두 시간으로 압축해 관객들을 만족시키겠다는 건지 언뜻 이해가 가지 않았다.

그러나 영화가 시작되고 3분쯤, 극장의 깜깜한 어둠 속에서 나는 (시사회 동행자였던) 옆 자리의 어머니와 의미심장한 눈길을 주고받았다. 별로 대단치는 않지만 우리 모녀의 안목을 걸고 권하련다. 연말연시 부모님께 모처럼 효도하고 싶다면, 혹은 왠지 서먹한 가족 간의 분위기를 훈훈하게 데우고 싶다면 딴 거 없다. 바로 이 영화 〈올드미스 다이어리〉를 함께 보시라. "넌 대체 무슨 생각을 하고 사는 거냐?"라거나, "엄마, 아버지는 주책이야. 다 늙어서 왜 그러세요?"라는 세대 간 몰이해의 폭을 분명히 조금은 좁힐 수 있을 테니까.

극장판 〈올드미스 다이어리〉를 2006년 한국영화가 이룬 의외의 성취라 부를 수 있다면, 그것은 인기리에 종영된 텔레비전 시트콤을 원형 그대로 스크린에 옮겨온 발 빠른 기획력 때문이 아닐 것이다. 현란한 카메라워크 등 시각적 쾌락에 복무하는 스타일적 요소도 이 영화와 어울리는 설명이 아니다.

이 영화의 힘은, 무조건 선량하지도 사악하지도 않은 매력적인 캐릭터들과 세심하게 공들인 시나리오로부터 온다. 영웅은커녕 변변히 제 앞가림하며 사는 인물 하나 없고, 두 노처녀의 짝사랑 사연과 한 노총각의 어설픈 범행모의(?) 말고는 전체를 관통하는 중심 서사조차 없지만, 아이러니하게도 바로 그것이 핵심이다. '아무것도 아닌' 사람들의 '아무엇도 아닌' 이야기를, 웃고 있어도 눈물 나게 만드는 내공이야말로 세상 모든 대중예술의 목표이자 의무가 아니던가.

잊히지 않는 먹먹한 장면 하나. 좌충우돌 미자네 식구들이 제각각 경찰서에 몰려가 한바탕 소용돌이를 겪어낸 다음날 아침, 누군가 심상하게 김치 한 포기를 썰고 있다. 그 손은 이윽고 국수 꾸미를 정성껏 삶는다. 그동안 있는 듯 없는 듯했던 미자 아버지의 손이다. 모두가 괴로운 아침, 그러나 인간이므로 밥을 먹어야만 하는 것이다. 식구가 말아낸 국수 그릇 앞에 외로운 식구들이 빙 둘러앉는다. 아버지는 딸의 손에 가만히 젓가락을 쥐어준다.

무심코 지나쳐버렸던 큰할머니의 한마디가 그제야 머릿속을 쾅 울린다. "사는 게 별거냐. 그냥 아침에 눈 떠지면 사는 거야." 아아, 이 사랑스러운 사람들을, 이 저릿한 영화를 어쩌면 좋으랴.

뻔한
세계

다 괜찮다. 다만 뭘 해도 행복하기를.
절벽 끝에서라도 스스로에게 상처 주지 말기를

유난히 소녀들의 이야기에 매혹되는 건 나도 한때 소녀였기 때문일까. 스무 살 여자아이들의 이야기 〈고양이를 부탁해〉를 보았을 때 나는 막 서른이었다. 서른이 되었다고 해서 크게 달라진 건 없었다, 고 말하려다 보니 꼭 그렇지만은 않다. 그때 나는 일종의 해방감을 느끼고 있었던 것 같다. 이제 어디 가서 "저도 먹을 만큼 먹었거든요. 알 만큼 안다니까요"라고 시금털털한 표정을 지을 수 있게 되었다고 생각했다. 그래, 인생아, 될 대로 되렴, 뭐 그런 마음을 품었는지도 모른다.

그렇지만 발가락을 까딱대며 건들거려 봐도 삶의 무게는 변하지 않았다. 하루하루는 너무 길었으나, 정신을 차려보면 계절이 휘딱 바뀌어 있었다. 철 이른 찬바람이 윙윙대던 늦가을 어느 날, 그 애들을 만났다. 다감하고 낙천적인 몽상가 태희와, 낡고 어둑한 판잣집처럼 조금씩 혼자

무너져 내려가던 지영이, 깜찍한 데칼코마니 같은 비류와 온조, 모두 다 사랑스러웠지만 그 누구보다 나를 강하게 사로잡은 것은 이요원이 연기한 혜주 캐릭터였다.

혜주는 '여기'를 벗어나고 싶어하는 아이다. 저부가가치의 인생이란 걸 아프게 자각하며 제 가치를 높이기 위해 열심히 노력하리라 다짐한다. 자기 힘으로, 언젠가는 지금과 다른 곳에 당도할 수 있다고 믿는다. 역시 어딘가로 도망치고 싶어 죽을 것 같던 아이들 태희와 지영의 몸짓이 비현실적이거나 소극적인 데 비해 혜주의 욕망은 몹시 현실적이고 적극적으로 보였다.

그러나 세상이 그렇게 만만할 리 없지 않은가. 술에 취한 혜주가 무능하고 어리어리한 남자친구의 어깨에 피곤한 이마를 기대는 순간, 내 안에서 무언가가 꿈틀 움직였다. 영민하고 자의식 강했던 그녀가 떠밀리듯 '뻔한 세계'로 들어선 것이다. 떠나봐야 닿을 곳이 없음을 알아챈 것이다. 한국사회의 여자아이가 어떻게 여자가 되는가 하는 문제에 대해, 이보다 더 날카롭고 아프게 포착하는 시선을 그 전에도 그 후에도 만나지 못했다.

가끔 그 애들을 떠올린다. 이제는 모두들 스물여섯 살이 되었겠다. 태희와 지영이는 지금껏 어딘가를 떠도는 중일까. 비류와 온조의 헤어스타일은 아직도 둘이 똑같을까. 그리고 혜주. 나의 혜주는 어떻게 지내고 있을까. 여전히 제일 먼저 출근하고 남 앞에서 울지 않고, 어쩌면 쌍꺼풀 수술을 했을지도 모르지. 다 괜찮다. 다만 뭘 해도 행복하기를. 절벽 끝에서라도 스스로에게 상처 주지 말기를. 나와, 혜주와, 동성同性의 모든 그녀들을 위해 두 손 모아 주문을 외워본다.

이런 사랑도
있다

상대의 완강한 등을 보며 비틀비틀 가야 하는 사랑,
보답받지 못해도 애걸할 수 없는

나는 속물인가? 그것이 세상의 속된 기준에 민감한 사람을 뜻하는 말
이라면, 흠흠, 쉽게 부정하지 못하겠다. 친구가 아파트를 구입했다는 소
식을 들으면 어쩔 수 없이 시세가 궁금해지고, 그저 그렇다고 여겼던 작
품이 유수한 문학상을 탔다는 말을 들으면 부박한 내 취향을 의심하게
된다. 스무 살 때부터 쭉 좋아하던 전도연이 칸영화제 여우주연상을 받
던 날, 무슨 남다른 선구안이라도 타고난 양 괜스레 우쭐해진 것은 말할
나위도 없다.

무엇보다 내가 속물이 아니라고 주장할 수 없는 매우 강력한 증거는,
늘 내 안의 속물성을 의식하면서 남에게 들키지 않기 위해 부단히 노력
하고 있다는 점일 것이다. 네이버의 부동산 카테고리를 검색할지언정
당사자 앞에서는 "그래서 그 집 정확히 얼마에 계약했는데?"라고 물어

보지 않으며, 남들은 다 좋다지만 내 눈에는 도무지 별로인 예술가의 이름은 공석에서든 사석에서든 절대로 밝히지 않는다. 그럴 리는 없겠지만 만약 전도연의 연기에 대해 품평해 달라는 요청을 받는다면, 칸의 ㅋ자를 발음하지 않고도 멋지게 말할 방법을 골똘히 연구할 것이다. 왜? 그게 조금이나마 덜 속돼 보이니까.

속되되 속되어 보이지 않기 위해 애쓰는 인간이 취할 수밖에 없는 자세는 허영의 포즈다. 〈밀양〉의 여주인공 신애는 어쩌면 그 사소한 허영심 때문에 불행해졌다. 그리고 그녀의 몇 발자국 뒤를 언제나 그림자처럼 따르는 한 사내. 면전에서 '당신, 속물'이라는 모욕을 당하는 남자, 카센터 김종찬 사장님은 세속적 기준의 속물이라기에 부족함이 없다. 위조한 국제 피아노 콩쿠르 상장을 떡 붙여놔야 손님 좀 꼬인다고 믿고, 동네유지와의 친분을 대놓고 과시하며, 꼬맹이들 피아노 선생으로 밥벌이하는 여자를 '피아니스트'라는 고상한 직업으로 소개하는 김 사장님. 그의 속됨은 참으로 적나라하여 투명하다. 삿된 허위의식으로 순수를 꾸미지 않으며, 순수의 태도로 허위를 가장하지 않는다. 한마디로, 잔머리 굴리지 않는 것이 이 순진한 속물의 사는 방식이다. 그것은 또한 그 남자의 사랑 방식이기도 하다.

'이런 사랑도 있다'라는 〈밀양〉의 메인카피가 일종의 사기라는 쑥덕임을 들었다. 흥행을 위해 불가피한 일이었겠으나, 영화의 주제는 종교적 구원과 용서에 대한 것이지, 포스터 사진이 풍기는 이미지처럼 남녀간의 은밀한 러브스토리가 아니라는 것이다. 동의할 수 없다. 아니, 이게 러브스토리가 아니라면 대체 뭐가 러브스토리란 말인가. 동시에 마주 보고 동시에 입 맞추고 동시에 충만한 사랑만 사랑이 아니다. 상대의 완강한 등을 보며 비틀비틀 가야 하는 사랑, 보답받지 못해도 애걸할 수 없는, 그런 사랑도 사랑이다. 〈밀양〉은 신과 인간 사이의 사랑을 질문하는 영화인 한편, 어디에도 있고 어디에도 없는 도시 밀양의 속물 김종찬이라는 남자의 고통스러운 사랑을 묵묵히 응시하는 영화다.

종찬의 감정이 일종의 허영에서 출발했을 가능성도 없지는 않다. 서울에서 온 신애는 컬러링조차 세련된, 분명 밀양에서 보기 드문 이국적인 존재이니까. 그러나 그 여자가 겪어내는 무시무시한 고난을 내내 함께하고, 그 처절한 내면을 어떻게든 쓰다듬어 주려 안간힘 다하는 종찬의 사랑은, 어떤 순간 스스로의 중력으로 허영의 벽을 뚫고 우뚝 선다.

그녀가 제 손으로 머리칼을 자를 때 그가 거울을 들어주는 마지막 장면은 이미 충분히 낯익은 구도로 이루어져 있다. 상투적으로 비칠 위험을 무릅쓰고 영화가 그렇게 한 이유는, 그것이 아마도 종찬에게 제일 잘 어울리는 방법이기 때문일 것이다. 그건 이 세속적인 남자가 자신이 아는 세속적 세계 안에서 할 수 있는 최대치의 몸짓이다. 그때 황량한 땅바닥을 부끄러이 어른대는 가만한 햇살. 가장 낮고 비루한 곳에 가장 비밀스런 빛이 깃들 수 있을까. 정말로, 그럴 수 있을까. 천박하고 나약하고 위태로운 인간, 당신과 나, 우리에게도?

무턱대고 자꾸만 믿고 싶어진다. 그래, 성聖은 속俗 안에 있는지도 몰

라. 초여름의 햇빛은 오늘도 무심히 부서지고, 나는 또 이렇게 나의 속됨을 허영허영 변명한다.

그 여자를 어떻게
모르는 여자라 말할 수 있겠니

숨 막히게, 차갑도록 명징하게, 나는 그녀를 이해한다
그래서 십년 만에 처음으로, 진심으로, 홍상수가 불편해졌다

사랑은 종종 오독誤讀에서 비롯된다. 희고 어린 진돗개의 이름은 '돌이' 다. 강아지의 목줄을 틀어쥔 채 나긋나긋한 발걸음으로 바닷가를 산책하던 주인은, 국도변에 돌연 녀석을 버리고 사라진다. 녀석을 거둔 새 주인은 '바다' 라는 새 이름을 붙인다. '돌이' 를 기억하던 누군가가 '바다' 와 재회했을 때, 그 희고 어린 강아지는 '돌이' 인가, '바다' 인가. 그러나 해변의 그 여인, 문숙은 반가이 외친다. "똘이야!" 'ㄷ' 과 'ㄸ' 사이, 그 사소하고 위대한 착각이 아니라면 유사 이래 어떤 사랑도 성립되지 않았을 것이다.

홍상수의 일곱 번째 영화 〈해변의 여인〉을 보았다. 그의 첫 영화 〈돼지가 우물에 빠진 날〉과 조우한 지 십 년 만이다. 십 년 동안 나는 레티놀이 듬뿍 함유된 아이크림을 눈 밑에 바르기 시작했고, 내 이름으로 된

적금통장과 투자신탁거래통장을 가지게 되었다. 싫은 사람 앞에서도 방긋 미소 지을 줄 알게 되었고, 이런 변화를 속상해하다가 이내 위악보다 위선이 낫다며 자위할 줄도 알게 되었다.

달라지지 않은 것도 있다. 홍상수 감독의 새 영화를 본 날이면 언제나 술을 마셨다. 평소보다 서둘러 취했고 별 것 아닌 이야기를 목소리 높여 뒤떠들어댔다. "아우, 사는 게 참 홍상수스러워." 환멸도 아니고 깨달음도 아닌 한마디를 습관처럼 중얼거리면서 어느새 그의 다음 영화를 기다렸다. 그의 영화가 마치 이 헐겁고 부박한 일상을 견디게 하는 마법이라도 된다는 듯이.

에어컨이 횡횡 돌아가는 극장 밖, 종로 거리는 비현실적이리만큼 무덥고 환했다. 지하철을 타고 자리를 옮겨 맥주를 마셨다. 안주로 닭튀김을 주문했다. "어땠어?" 영화를 보지 않은 친구가 궁금해 죽겠다는 말투로 물어왔다. "재밌어. 재미는 있는데." "근데?" 친구의 채근 앞에서 나는 왠지 망설이고 있었다. "잘 모르겠어." 자신 없이 말을 이었다. "여자에 대한 시선이 달라진 것 같긴 해. 예전엔 여자 둘이 술 마시는 장면 같은 건 없었으니까." "부드러워진 거야?" "그런 것 같은데, 아닌 것도 같고. 아아, 모르겠어." "결말은 어때? 고현정이랑 김승우랑 잘되는 거야?" "글쎄. 아닐 걸. 아닌가. 잘 모르겠다. 어쨌든 겉으론 여자 혼자 떠나면서 끝이야. 차를 몰고 표표히. 실실 웃으면서." "오오, 그럼 드디어 희망을 노래하는 건가?"

희망! 그 단어를 듣자 갑자기 멍해졌다. 대답 대신 닭다리를 들어 입술로 가져갔다. 퍼석한 육질이 입안 가득 느껴졌다. 설명할 수 없는 이물감이 아까부터 목구멍을 간질여대고 있었다. 몰락한 스파이의 비밀처럼 나는 죽은 닭의 고깃점을 꿀꺽 삼켰다. 희망이라니. 홍상수 영화에게, 내가 단 한순간이라도 희망을 기대한 적 있었던가. 그럴 리는 없을 것이다. 홍상수의 인물들이 더 우스워지기만을, 홍상수의 시선이 더 지독해지기만을 지금껏 나는 간절히 바라왔다.

남성 지식인 제위의 뻔하고 지질한 속내가 속수무책으로 까발려질 때 마음껏 비웃을 수 있었던 건 혹시 나 자신이 그들과 다르다고 생각한 때문은 아닐까. 모호한 표정으로 속눈썹을 깜빡이는 '그녀들'에게 수고로이 감정이입하지 않았던 건 혹시 그녀들이 내가 겪는 현실 너머의 인물들이라고 생각한 때문은 아닐까. 냉소하거나 연민하거나 관조하거나. 홍상수 표 영화에 대해 내가 품었던 호의들은 어쩌면 모두, 인물에 대한 객관적 거리가 있기에 가능한 것이었다. 그러니까 나는 '홍상수 월드'를 훔쳐보며, 현실과 끔찍하게 닮은 만화경을 들여다보는 야릇하고 안전한 기분을 만끽했는지도 모른다. 오독은 텍스트가 아니라 독자의 문제이다.

예리하고 우스꽝스런 연애담 〈해변의 여인〉에 대해 자꾸 말을 아끼고 싶어지는 이유도 거기 있다. 문숙이라는 여자는 도무지 모호하지 않다. 실루엣이나 그림자만이 아니라, 형태와 색깔, 양감과 질감을 다 가진 오롯한 실재다. '돌이'를 '똘이'라고 발음할 때, 연적을 거울처럼 마주보며 "너, 정말 여자구나?"라고 야유 섞인 자조를 뱉을 때, 제일 무서운 게 사람에 대한 집착이라면서 한편으론 "그날 밤, 진짜 나를 넘어서 나갔느냐"를 집요하게 따지고 들 때, 숙취로 깨어난 아침 침대 밑에 쓱 손을 넣어 잃어버린(숨겨놓은) 지갑을 꺼내들 때, 그 여자를 어떻게 '모르는 여자'라고 주장할 수 있겠는가? 예전처럼 마음 편히 냉소할 수 있겠는가? 숨 막히게, 차갑도록 명징하게, 나는 그녀를 이해한다. 그래서 십 년 만에 처음으로, 진심으로, 홍상수가 불편해졌다. 그래. 이제 더 이상 숨을 데가 없는 것이다.

마감 없는
나라의 기자

꿈과 현실의 폭이 너무 클 때,
꿈 너머의 실생활에 대한 거짓 믿음과 진지한 오해를 초래할 수 있다

　꿈(보다 여드름이 더) 많았던 소녀 시절, 잡지사 기자가 되고 싶었다. 〈하이틴〉, 〈여학생〉, 〈주니어〉 등의, 여중고생들을 타깃으로 삼은 월간지들이 동네 서점가를 풍미하던 시절이었다. 나는 홀로 상상에 빠지곤 했다. 〈여학생〉의 근사한 소파에 앉아 근사한 연예인과 인터뷰하는 근사한 내 모습을. 망상을 한없이 발전시키다 보면 판단력을 잃게 된다. 나는 마침내 한시가 아까워서 못 견디겠다는 결론에 도달했다. 그래, 잡지사에는 학생 리포터가 필요할지도 몰라. 정 안 되면 사무보조라는 것도 있잖아? 기자가 되는 데 아무런 쓸모도 없어 보이는 수학이나 생물 따위를 공부하는 대신 바로 실무를 배워야겠다는 열망에 불타오른 나머지, 직접 부딪쳐보기로 했다.
　나름대로 각본도 짰다. '김혜수와 이상아를 합친 것처럼 예쁜 친구가

있다. 성격이 무척 소극적인 이 아이를 데리고(지가 무슨 매니저라고?) 귀사를 방문하여 표지 모델 카메라 테스트를 받겠다. 담당 기자님과 약속을 잡고 싶다(차마 스스로 초절정 미소녀를 사칭할 정도로 양심불량은 아니었다)' 호랑이 굴에 들어가야 호랑이를 잡듯, 일단 잡지사에 놀러가 기자와 안면을 트는 일이 급선무라고 생각했던 거다.

잡지 뒤쪽에 실린 번호로 전화를 거니 웬 여자가 받았다. 나의 로망, 기자 언니가 틀림없었다. 용기는 다 어디로 갔는지 나는 더듬더듬 용건을 말했다. 수화기 너머의 여자는 인내심 있게 끝까지 들어주었다. 그리고 대답했다. "일단 사진을 보내세요. 사진을 본 다음에 저희가 연락드립니다." 심드렁하고도 사무적인 말투였다. 옅은 짜증과 차가운 깍듯함이 한데 배어 있는 그 목소리에 나는 상처를 받았던 것 같다. 분명 애독자라고 밝혔는데 그런 건 아무 상관도 없단 말인가. 그런 전화들이 하루에도 여러 통씩 걸려오리라는 것을, 대부분의 직장인들이 업무 중 받는 민원전화에 그런 목소리로 대응한다는 것을, 기자도 결국 직장인의 한 사람이라는 것을, 한참 뒤에야 알았다.

끝내 이루지 못한 꿈 때문인지 아직도 기자가 나오는 영화라면 솔깃해지는 경향이 있다. 〈러브 & 트러블〉의 여주인공 잭스는 〈보그〉의 패션 담당 에디터다. 요즘 여학생들이 선망하는 직업으로 수위를 다툴 것이다. 그녀의 삶은 과연 멋지다. 유명 디자이너 브랜드의 예쁜 옷을 입고 앙증맞은 자동차에서 내려 런던 보그사로 살랑살랑 걸어 들어가는 모습은 많은 여성들이 입 헤벌리고 부러워할 만하다. 게다가 깔끔한 아파트에서 말 잘 통하는 게이 친구와 함께 오순도순 살고 있다. 그녀가 사랑에 빠지는 걸 두려워하는 성격이 된 것도 이해할 만하다. 모든 게 이렇게 완벽한데 괜히 이상한 사랑에 빠졌다가 삶의 균형이 흐트러지면 얼마나 짜증나겠어?

그리고 자연스레 현실 속의 내 기자 친구들이 떠올랐다. 지긋지긋한 마감 타령을 늘 입에 달고 살며, 마감이 닥치면 며칠째 감지 않은 머리는 기본이요, 다크서클이 턱밑까지 내려온 얼굴을 뿔테안경으로 감추고 다니는 진짜 '생활인 기자들'. 소설가이신 스승께서는 일찍이 '소설가는 참 좋은 직업이다. 소설만 안 쓰면'이라는 명언을 남기셨다. 잭스를 보고 있으면, 기자 또한 최고의 직업임이 새삼 가슴에 와닿는다. 물론, 그놈의 마감만 없다면 말이다.

게이 친구와의 동거생활 묘사도 비현실적이긴 마찬가지다. 런던 물가가 살인적인데 기자 월급으로 월세를 어떻게 감당하지? 먼지 한 점 없도록 집은 누가 치우지? 아무리 허물없는 사이라도 타인인 룸메이트 앞에서 왜 이유 없이 옷을 홀러덩 벗고 활보하는 거지?

꿈과 현실의 간격이 크다는 사실을 언젠가는 누구나 알게 된다. 그러나 그 낙차의 폭이 너무 클 때, 꿈 너머의 실생활에 대한 거짓 믿음과 진지한 오해를 초래할 수 있다. 살다 보면 판타지가 필요한 순간도 있다. 그러나 적어도, 현실을 성찰하게 하거나 현실을 각성하게 하는 힘을 가지고 있어야 좋은 판타지가 될 자격이 있다고 생각한다. 게이 친구와 동거하는, 마감 없는 나라의 여기자 얘기는 어떤 판타지에 속할까. 나를 소박한 리얼리스트라 비웃어도 할 수 없다. 기자를 꿈꾸는 소녀에겐 이런 영화 감상보다 '직업의 적나라한 실체'라는 특강이 훨씬 더 유용할 테니.

사랑의 약자,
사랑의 강자

우리는 돈이 하나도 없는데, 나는 밥을 굶고 있는데, 너는 왜 매춘을 하지 않는 거야?

조용필의 〈킬리만자로의 표범〉을 언제 처음 들었더라. "사랑이 외로운 건 운명을 걸기 때문이지. 모든 것을 거니까 외로운 거야. 사랑도 이상도 모두를 요구하는 것 …… 모두를 잃어도 사랑은 후회 않는 것. 그래야 사랑했다 할 수 있겠지." 아직 '애'였던 시절인 것만은 분명한데, 어쩌자고 가사의 그 구절이 기가 턱턱 막히도록 가슴에 와닿았을까.

사랑을 해본 사람들은 안다. 사랑은 권력관계다. 더 사랑하는 쪽이 약자다. 더 사랑하는 쪽이 언제나 지게 되어 있는 불평등한 게임이 사랑이다. 꼭 남녀관계에 국한된 문제는 아니다. 부모와 자식의 사랑(이보다 더 일방적인 관계는 흔치 않다), 국가와 국민의 사랑(한쪽이 다른 한쪽의 사랑을 자꾸 시험하려고 든다), 팬과 스타의 사랑(순식간에 상황이 역전되는 경우가 꽤 흔하다)의 사례에서 볼 수 있듯 이 세상 여러 종류의 사랑 안에 파워게임의 속성이 잠복돼 있다. 여자와 여자의 사랑도, 마찬가지다.

〈몬스터〉의 두 여자는 연인 사이다. 남들은 그들은 레즈비언이라고 부른다. 리는 셀비를 사랑한다. 그야말로 죽도록 사랑하면서 모든 것을 다 바친다. 물론 셀비도 리를 사랑할 것이다. 하지만 상대적으로 그 사랑의 무게는 가볍고 사랑의 표정은 가변적이다. "우리는 돈이 하나도 없는데, 나는 밥을 굶고 있는데, 너는 왜 매춘을 하지 않는 거야?"라고 자못 천진하게 묻는 것이 셀비의 사랑법이다. 하긴 처음 사랑을 시작할 때도 셀비는 리에게 "날 책임질 수 있지?"라고 말했었다. "널 책임질게. 행복하게 해줄게. 나만 믿어, 제발." 사랑의 약자는 이렇게 절규하는 수밖에 다른 방법을 모른다.

현재 사랑을 하고 있는 사람들은 자신이, 리와 셀비의 두 타입 중 어느 한 편에 속한다고 생각할 것이다. (한 치 더하고 뺄 것도 없이 공정하고 평등한 우리 사랑을 욕되게 하지 말라고 흥분하는 분들께는, 흠흠, 심심한 사과의 말씀을 드린다. 스스로의 행운에 감사하면서 쭉 행복하게 사시기를. 모르는 게 약이나니.) 조금 더 사랑하는 쪽에서 참지 않으면 둘의 관계가 끝장나 버릴까 봐 두려움에 떠는 이들에게 그나마 위안이 되는 것은, 사랑에 관한 한 영원한 승자는 없다는 사실이다. 사랑의 권력관계는 결코 고정불변의 것이 아니다. 둘 앞에 펼쳐지는 상황이나 관점에 따라 강자와 약자는 서로 그 위치를 바꿀 수도 있다.

마지막 부분에서 법정에 선 셀비가 제 생존을 위해 손가락 끝으로 리를 지목했을 때 죄수복을 입은 리는, 셀비를 향하여 고개를 끄덕인다.

딱 한 번, 아주 작고 희미한 동작이다. 미친 듯 사랑했던 사람이 자신을 배신하는 순간, 리는 그렇게 사랑을 완성한다. 이제 모든 것은 셀비의 몫으로 남겨졌다. 둘의 관계에서 늘 조금 덜 사랑하는 듯 보이던 셀비. 사랑이라는 이름으로 상대의 사랑을 이용하는 듯 보이던 셀비. 그는 사랑의 강자였을지는 모르지만, 자기 자신에게는 약자였다.

사랑을 해본 사람들은 안다. 분명히 '거는' 쪽이 더 아프다. 그렇지만 '걸' 수밖에 없다. 그것이 사랑이다.

하얀 집의
공포

'검은 집'은 참 편하겠다. 현실의 모든 불길한 가능성을
연약한 그녀의 어깨에 다 짊어지워 이 세계에서 추방해 버렸으니

계약은 순식간에 이루어졌다. "오피스텔 전세가 얼마나 귀한지 알죠? 지금 가계약 안 해놓고 가면 삼십 분 뒤에 그냥 나가버린다고요." 부동산중개사 아주머니는 능수능란하고 집요했으며, 나는 어리숙하고 귀가 얇았다. 전세금 10%에 해당하는 계약금을 폰뱅킹으로 쏘고 나서야 내가 그 집을 꼼꼼히 살펴보지 않았다는 사실이 상기되었다. 유달리 새하얗던 벽지만 또렷이 떠올랐다. 그러니, 이제 그 집을 '하얀 집'이라 부르기로 하자.

이삿짐센터 직원은 처음 약속한 시간에서 약 다섯 시간 지난 뒤에 나타났다. 우여곡절 끝에 짐을 싸 '하얀 집'에 당도했다. 현관에 들어서는 순간, 입이 딱 벌어졌다. 짐이 몽땅 빠져버린 빈집이 별안간 운동장처럼 넓어 보여서가 아니다. 현관 바로 옆의 거실 벽. 다른 벽들과 마찬가지

로 희디흰 벽지로 도배된 그 벽면에 손바닥만 한 크기의 본드 자국들 수십여 개가 말 그대로 더덕더덕 남아 있었던 거다. 전에 살던 이가 성분 모를 강력 접착제로 사진들을 붙였다 떼어낸 자국이었다.

급거 초빙해온 청소 전문가는 고개를 갸웃댔다. "이게 당최 무슨 제품일까요?" 되레 내게 물으며 그는 몹시 학구적인 자세로 화학약품을 쏟아부었다. 효과는, 없었다. 끈끈한 접착제 자국은 심지어 누덕누덕해져 버렸다. 도배 가격을 알아보니, 집 전체를 도배하는 가격과 별 차이가 없을 만큼 비쌌다. 어이없어하고 있는데 요란하게 인터폰이 울렸다. 오피스텔의 생활지원실이었다. "위층 변기가 막혔는데요." 무언가 심상찮은 일이 일어났음이 직감되었다. "파이프 문제라서 변기 고치려면 그 댁 천장을 이용해야 하는데." 그땐 그 말이 의미하는 바를 정확히 몰랐다. 그러니까, 음, 형용하기 어려운, 한 무더기의 고체와 액체들이 '하얀 집' 욕실의 타일바닥으로 쏟아져 내리는 걸 목격하기 전까지는.

몇 번이나 타일바닥을 빡빡 닦고, 동네 슈퍼마켓에서 구할 수 있는 거의 모든 욕실 전용 청소제 및 탈취제를 사용해 보았으나 냄새는 쉬이 가시지 않았다. 다음 날엔 이전 신고를 무사히 마친 전화가 갑자기 먹통이 되었다. 그다음 날엔, 전날까지 멀쩡하던 인터넷이 뒤이어 먹통이 되었다. 고장신고를 했으나, 기사가 방문하기로 약속한 시간까지 오지 않았다. 꼬박 반나절을 기다리다 지쳐 확인해 보니, 글쎄, 나와의 통화기록 및 약속내역이 데이터베이스에 아예 남아 있지 않단다. 고약한 냄새가 가시지 않는, 벽지 누덕누덕하고, 인터넷과 전화가 끊긴 집 한가운데 망연히 앉아 있자니 뒤통수가 스멀스멀해져 왔다.

서둘러 공포영화를 보러 간 건 '하얀 집'이 주는 원인 모를 불안감을 잠시 잊고 싶어서였을 것이다. 영화 〈검은 집〉은 좋지도 나쁘지도 않았다. 남들 따라 비명 지르고 남들 따라 바들바들 떨면서도, 머릿속으론 자꾸 딴생각이 출몰했다 사라졌다. 저 집 좀 봐. 무슨 일 안 터지면 이상할 만큼 으스스하게 생겼잖아. (그에 비하면 나의 '하얀 집'은 얼마나 정상적이란 말인가!) 황정민은 오지랖이 왜 저렇게 넓은 거야? 화를 자초하게시리. (하지만 나는 정말로 내 불운들에 대해 아무런 빌미도 제공하지 않았단 말이야!) 범인은 원래부터 타고난 사이코패스라고? (하지만 현실에선 저런 인간을 만날 확률이 더 높을까, 일상 속의 불운들이 연속해 일어날 확률이 더 높을까!)

공포영화 속의 공포는, 끝장을 보는 공포다. 자극적이고 극적이며 준비된 끝을 향해 나아간다. 공포의 근원을 색출해 뿌리 뽑고 나면 (일단) 안심할 수 있는. 그에 비해 일상의 공포는, 끝장을 볼 수조차 없는 공포다. 지리멸렬하고 앞이 보이지 않으며 실체를 알 수 없다. 실체를 모르니 근원도 모른다. 끝이 보이지 않는, 결말 없는 공포. 내게 닥친 이 작은 불운이 혹여 더 큰 불운의 예고장은 아닐까 가슴 졸이게 되는.

집에 돌아와 보니 모든 게 똑같다. 방향제의 지독한 플로랄 향기 너머 '그' 냄새는 사라질 듯 사라질 줄 모른다. '검은 집'은 참 편하겠다. 현실의 모든 불길한 가능성을 연약한 그녀의 어깨에 다 짊어지워 이 세계에서 추방해 버렸으니. 피처럼 붉은 부적이라도 하나 떡 써붙이면 이

'하얀 집'도 좀 평안해질는지. 인공적 카타르시스의 시효가 다한 뒤에도 일상의 공포는 지속된다. 도저히 공포영화에 몰입할 수 없는 가여운 인간의 변명이다.

여름이 깊으면
언젠가는 끝난다

어떤 훌륭한 결과물도 집요하고 성실하고 묵묵한,
그 지루하기 짝이 없는 태도 밖에서는 탄생하지 못한다

이번 여름은 참 길었다. 여름 내내 조증과 울증을 반복해 앓았으며,
변함없는 무기력증 속에 파묻혀 있었다. 책을 묶고 나면 으레 그래, 라
는 스스로를 향한 변명은 새끼손톱만 한 위로도 되지 않았다.

새 소설을 몇 줄 썼다 지우고 또 썼다 지우곤 했다. 그런 일을 반복하
다 보면, 혹시 내가 영원히 아무것도 쓸 수 없는 사람이 되어버린 게 아
닐까, 느린 의문과 저릿한 절망감이 뒷덜미를 덮쳤다. 그럴 수만 있다
면, 아니 그럴 수 없다 하더라도, 나는 떠나고 싶었다. 떠나면 반드시 돌
아와야 한다는 것을, 돌아오면 몇 배 더 무거운 짐이 기다리고 있다는
것을 잘 알면서도.

여름의 끝자락에서 〈조디악〉을 보았다. 영화에 대한 별 정보가 없었
으니 선입견도 없었다. 〈살인의 추억〉과 비슷하게 실제 미국에서 일어났

던 연쇄살인범에 관한 이야기라는 사실이 전부였다. 연쇄살인이라는 행위에 대하여, 미안하지만 나는 아무런 특별한 의견도 가지고 있지 않다. 물론 인간으로서, 인간의 생명을 함부로, 그것도 연달아 빼앗는 행위가 크나큰 죄악임은 명명백백하다. 하지만 그것은 음주운전이 야기한 교통사고 같은 일과 비교하여 일상 속에서 피부에 와닿는 이슈가 아니다.

〈조디악〉을 보고 나서도 여전히, 사람이 왜 사람을 죽이는지, 모르겠다. 분노와 원한, 돈과 복수, 증오와 질투…… 막연하고 또 그만큼 진부한 이유들만 머릿속을 맴돈다. 조디악 킬러가 무고한 사람들을 살육한 것이 저런 이유들 때문은 아니리라 짐작한다. 어쩌면 그는 살인을 자기의 존재증명 방식으로 사용했을 수도 있겠다. 자신이 아무것도 아닌 존재임을 견디기 힘들어서…… 누가 날 좀 기억해 달라고.

나름의 법칙에 의해 살인을 자행하면서, 신문사에 암호를 그려 보내면서, 그는 제가 고독한 예술가라 믿었을지도 모른다. 예술가들 역시 자신이 누구인지 알고 싶고 드러내고 싶어 존재하는 이들이니까. 조디악 킬러의 그 행위에 사회적 윤리적 가치판단 따위는 병아리 콧물만큼도 개입되어 있지 않다는 점에서 그는 위험한 유미주의자이다. 본인 외에는 그 누구에게도 감동을 주지 못하는.

주기상 울증을 앓던 내 영혼을 설핏 움직인 인물은, 그 대척점에 있는 한 사내—수사관도 아니고 담당기자도 아닌, 이 사건과 그 어떤 개인적 관계로 얽히지 않은—그레이스미스였다. 그는 집요하고 성실하다. (평소 내가 부러 외면하던 두 가지다.) 누구에게 알아달라고 말할 수도 없고

눈앞에 명확히 잡히지도 않는 가치를 좇아 묵묵히 걷는다. ('묵묵' 하다 보면 나는 왜 '막막' 해지는지 모를 일이다.) 하나하나 꼼꼼히 자료를 모으고 그 자료 속의 글자들을 몸으로 직접 체현해 보는 것을 당연히 여긴다. (적당한 요령도 능력이라는 가치관을 초등학교 때부터 실천해왔다.) 그는 결코 포기하지 않는다. (짧지 않은 인생, 수백 번의 포기를 할 때마다 포기의 타이밍을 놓쳐버리는 것만큼 멍청한 짓은 없다고 합리화시키곤 했다.)

여름이 깊으면 언젠가는 끝난다. 단 하루 만에 바람의 결이 맑아진 어느 날, 내 원인 모를 불안감이 가만히 가라앉고 다시 새 소설이란 걸 쓰고 싶다는 작은 의지가 심장 밑바닥으로부터 피어올랐다면, 그건 전적으로 이 남자 덕분이다.

예술가는 어쨌든 결과물로 말하는 거라고 믿어왔다. 이제는 생각이 바뀌었다. 결과물 앞에 태도가 있다. 어떤 훌륭한 결과물도 집요하고 성실하고 묵묵한, 그 지루하기 짝이 없는 태도 밖에서는 탄생하지 못한다. 몇 년 후의 국가고시를 준비하는 수험생처럼 그렇게 한 발 한 발 걸어나갈 수 있을까. 그 어떤 순간에도 내 절망이 내 의지를 놓아버리지 않을 수 있을까. 그리하여 닿고 싶은 곳이 어디인지 아직 잘 모르지만, 그 레이스미스의 그 자세를 배우고 싶은 마음만은 간절하다. 어리석고 긴 여름은 이제 영원히 끝났으니까.

야반도주라도
하지 그랬소

아니, 사랑한다는 말을
이토록 어렵게 하는 연인들이 어디 있답니까?

송혜교 주연의 〈황진이〉를 보면서 가장 먼저 느낀 점. '송혜교는 예쁘구나.' 그다음에 느낀 점. '송혜교는 정말 예쁘구나. 근데 이거 혹시 〈황진이〉가 아니라 〈임꺽정〉이야?' 시작 약 30여 분 후, 어쩌면 이 영화에는 내가 아는 '그 황진이'가 안 나올지도 모른다는 것을 깨닫는다. 뭐냐, 일부러 홍석중 소설 복습까지 하고 왔건만. 눈물이 앞을 가리지만 하는 수 없다. 영화 시작 약 1시간 30분 후, '그 황진이'는 이미 포기하고, 황진이라는 이름을 가진 기생과 놈이라는 이름을 가진 의적두목의 사랑 얘기를 감상 중이다. 그런데 자꾸만 숨이 턱밑까지 차오른다. '얘들아. 너희 둘이 되게 사랑하는 거 알겠거든. 그러니까 제발 속마음 좀 툭 터놔봐. 보는 사람 갑갑해 죽기 전에.'

영화가 막바지로 치닫는다. 금강산에서 직접 찍어왔다는 풍광이 펼쳐진다. 긴 치맛자락으로 외로이 바위를 기어오르는 진이의 모습에 (영화 시작하고 처음으로) 안심이 되려는 찰나, 그 높은 곳까지 기를 쓰고 들고 온 보퉁이에 눈이 멎는다. 갑자기 불안해진다. 서, 설마? 아니나 다를까, 진이는 꽁꽁 싸들고 온 보자기를 풀어헤치고는 놈이의 뼛가루를 하늘 높이 흩뿌린다. 마무리로, 영원한 사랑의 맹세를 읊는 것도 잊지 않는다. 영화는 그렇게 끝까지, 가련한 운명을 타고난 두 청춘남녀의 이루지 못한 사랑을 애절하게 환기한다.

이 영화를 두고 유명한 기생이자 뛰어난 여성예술가인 황진이의 삶을 제대로 그렸네, 못 그렸네 논쟁하는 건 부질없는 짓이다. 영화는 애초부터 황진이라는 실존인물의 생애를 재현하거나 현대적으로 재해석하는 일에는 관심이 없었으니까. 배경이 조선시대일 뿐, 이것은 다만 내성적 성격의 두 소년소녀가 겪는 '지독한 첫사랑'에 관한 이야기이다.

효수를 당하고서도 끝나지 않는 그들의 사랑은 사실 초반에 꽤 쉽게 이루어질 수도 있었다. 진이가 출생의 비밀을 알게 된 바로 그때, 문제의 첫날밤을 치르던 날 말이다. 진이는 놈이를 불러 묻는다. "나를 좋아해요?" (약 올리는 것도 아니고 알면서 왜 물으시나?) 하지만 그녀는, 나를 좋아한다면 내 미래에 대해 함께 상의해 보자고는 말하지 않는다. 유관순 열사 버금가는 비장한 표정으로 객관식 문제를 낼 뿐이다. 4지선다도 아니고 3지선다다. 놈이는 괴로워 어쩔 줄을 모른다. 하지만 그는, 왜 네 앞길이 달랑 세 가지뿐이겠느냐고, 좀 더 넓게 생각해 보라고는 말하지 않는다.

여자가 침묵한 이유는 몰락한 제 처지에 대한 예민한 자존심과 허세 때문일 것이고, 남자가 침묵한 이유는 여자의 몰락이 자신 탓이라는 알량한 죄책감과 윤리 때문일 것이다. 그러나 차라리 그날 밤 이상한 선문답을 나누고 비감어린 초야를 치를 시간에, 그냥 둘이 손잡고 도망쳤더라면 그들의 미래는 훨씬 편안하지 않았을까? 진이가 기생이 된 데는 세상을 발밑에 두고 비웃기 위해서라는 표면적 알리바이가 있지만 실은 오갈 데가 없어서일 것 같다. (만일 자발적으로 기생이 되었다면, 기생 생활 내내 수심에 가득 찬, 폐위당한 공주님 같은 표정은 뭐냔 말이다!) 놈이는 출생이 천하다지만 그만하면 경제적 수완도 있어 보이고 뭘 해서라도 제 여자 고생시킬 남자는 아니지 않은가. 누군가 먼저, "사랑한다. 그러니 날 믿고 우리 같이 가보자"라는 그 한마디만 했더라면 그들의 운명이 그렇게 얼기설기 꼬이지 않았으리라 본다.

편한 길 외면하고 구곡간장 애태우며 험한 산길 굽이굽이 돌아가는 남녀. 위기 상황 앞에서 합리적 해결책을 찾진 못할망정 시위하듯 가장 나쁜 선택을 하는 남녀. 사디스트와 매저키스트 역할을 번갈아 하면서 그놈의 사랑 한번 참으로 복잡하게 확인하는 남녀. 내가 지금 이 영화에 '그 황진이'가 안 나왔다고 이러는 거 아니다. (아 글쎄 포기했다니까! ㅠ0ㅠ) 그렇지만 주인공이 누구든, 그들의 사랑에 최소한의 공감은 하게 해주어야 하는 게 아닌가. 지금은 21세기, 핸드폰 위치추적까지 되는 세상에서 커뮤니케이션 부재로 파국을 맞이하는 러브스토리에 감정이 입하기란 실로 생뚱맞다. 이쯤에서 그녀의 명대사(!)를 패러디하지 않을 수 없다. "아니, 사랑한다는 말을 이토록 어렵게 하는 연인들이 어디 있답니까?"

나만의
오로라

혼자인 그녀는 여전히 불안하고 외롭지만, 그럼에도
완전해 보인다면 혼자이기 때문이리라

고등학교 때 야간자율학습을 마치고 나서 타던 통학버스는 Y역 언저리를 지났다. 버스가 그 앞 신호등에 멈춰설 때면 홍등가의 불빛과 정면으로 눈이 마주치곤 했다. 칸칸이 나누어진 작은 공간들을 기억한다. 불그죽죽한 정육점 식 조명등 아래, 백화점 폐점시간 이후의 마네킹처럼 피곤한 표정을 한 여자들이 서 있었다. 나중엔, 정말 내 눈으로 목격한건지 아니면 혹시 80년대 동시상영관에서 몰래 본 한국영화의 한 장면과 착각하는 건 아닌지 의심스러워질 만큼 전형적인 풍경이었다.

그 뒤로 문학이나 영화 속에서 수없이 변주되는 '그녀들'의 이야기를 보아왔다. 나는 언제나 조금쯤 심드렁한 자세였던 것 같다. 그녀들은 그녀들대로의 삶을 살고 있었을 뿐, 내 삶의 크고 작고 번잡하고 우울하고 기쁘고 괴로운 일상들과는 아무 상관없다고 생각했기 때문일 것이다.

영화 〈허스〉에는 세 명의 '그녀들'이 나온다. 서로 같고 또 다른 세 명의 그 여자들. 유사점이라면 직업이고, 다른 점이라면 나이다. 각각 20대, 30대, 40대의 '지나(들)'는 성性을 팔아 밥과 집과 술을 산다. 영화는 종종 습작생의 단편소설 같은 노골적인 감성을 노출한다. 20대의 지나가 어깨에 하트 문신을 새기는 장면, 30대의 지나가 꽃병에 우유를 들이붓는 장면 등에서 드러나는 지나치게 직접적이고 친절한 묘사방식도 눈에 걸렸다. 매매춘 행위에 대한 어떤 가치판단도 유보함으로써 그 행위의 사회적 의미를 (부러) 외면하고 있을지도 모른다는 의심이 들기도 했다.

그러나 여러 단점들에도 불구하고, 〈허스〉는 묘하게 사람 마음의 가장 여린 부분을 건드린다. 순간적으로 찾아오는 저릿한 공감은, 내가 지나왔고 내가 지나갈 그 나이들에 대한 자의식에서 비롯되는 듯하다. 20대의 지나를 보면서는 화가 났다. 그 불안과 몽상의 시절들을 다시 겪지 않아도 되다니 얼마나 다행인가 싶었다. 40대의 지나를 보면서는 무서웠다. 인간이 어떤 바닥에 다다르면 저렇게 되는 걸까, 아직 닥쳐오지 않은 내일들이 부럽고도 공포스러웠다.

개인적으로는 무엇보다 30대 지나의 이야기에 대한 몰입도가 가장 높았다. 몸 뉠 곳 하나 없는 20대 지나와는 사뭇 달라 보이는 30대 지나의 멀쩡한 아파트가 나를 아프게 했다. 나이가 든다는 건 지킬 게 많아진다는 뜻임이 또 한 번 명확하게 다가왔으므로. 남루하고 고단한 현실과, 그럼에도 아직 신기루처럼 붙잡고 있는 꿈의 갈피 사이에서 옴짝달싹 못하는 30대 여성의 초상에 입맛이 썼다.

　30대 지나는 새로운 사랑에 대한 기대와 환멸의 경계를 갈팡질팡 넘나든다. 로맨스가, 나를 지금의 내가 아니라 다른 차원의 존재로 만들어줄 마법의 기계가 아닐까 하는 콩알처럼 미미한 기대를 놓지 못한다. 알면서도 기대하고, 당연히 꺾이는 것. 그러고 보면 30대의 사랑은 참 어정쩡하다. 어떤 사랑도 왔다 가는 것이겠으나, 누구에게나 '간다'는 동사가 아니라 '온다'는 동사가 먼저 마음에 박히던 날이 있었을 것이다. 사랑이 올 때의 그 압도적인 설렘이, 사랑이 갈 때의 그 처연한 시간에 대한 예측을 가로막아 눈멀고 귀 막히게 하는.

　하지만 이제는 안다. 눈멀고 귀 막힌 듯 막무가내로 시작된 감정도 언젠가는 서늘하게 등 돌리며 멀어져갈 수 있음을. 그리고 어느새 내가 '간다'라는 동사의, 그 어쩔 수 없는 체념의 어조를 담담히 수용하는 사람이 되었음을. 올 때의 선택이 나 자신의 것이었으니 도무지 무엇도 힐난할 수 없음을.

　20대의 여자는 아이스크림을 허겁지겁 빨아 먹고, 30대의 여자는 아이스크림이 줄줄 녹아내리는 줄도 모른 채 멍하니 앉아 있고, 40대의 여자는 아이스크림 산에 기어이 홀로 기어오른다. 그녀는 오로라가 마침내 찾아와 주었다고 감격하지만, 그 오로라는 타인의 눈에는 절대로 보이지 않을 것이다. 스트로베리 아이스크림처럼 달콤하고 차가운, 나만의 오로라는 온전히 나만의 생일 것이다. 혼자인 그녀는 여전히 불안하고 외롭지만, 그럼에도 완전해 보인다면 혼자이기 때문이리라.

"외롭다는 것은 바닥에 누워 두 눈의 음흉을 듣는 일이다 제 몸의 음악을 이해하는 데 걸리는 시간인 것이다 그러므로 외로움이란 한 생을 이해하는 데 걸리는 사랑이다"(김경주, 「우주로 날아가는 방 1」 중에서)

자학과 질투,
때론 체념

각고의 노력을 통해 간절히 얻고자하는 '바로 그 비상한 능력' 을
엄마 뱃속에서부터 타고난 인간들이 존재한다

텅 빈 모니터 화면을 마주하고 앉을 때면 언제나 누군가가 원망스럽
다. 화살의 끝은 일단 '나'를 향해 있다. '아, 난 왜 이것밖에 안 될까. 왜
별로 숱 많지도 않은 머리칼을 쥐어뜯고 또 뜯어야만 한 줄 한 줄 써나
갈 수 있을까.' 일어났다 앉았다 누웠다 물구나무섰다, 혼자 쇼를 하다
보면 슬그머니 딴 생각이 든다. '이런 뻘짓 안 하고도 쫙쫙 좌르르륵 명
작을 완성하는 사람들은 얼마나 좋을까?' 자학보다 강력한 건 질투다.
'부럽다. 걔들은 뭔 복을 타고 났기에?' 질투보다 조금 더 힘이 센 건 체
념이다. '그래. 어차피 이렇게 태어난 걸 어쩌겠어? 글은 써서 뭐하고,
마감은 해서 또 어쩌겠어. 확 펑크내 버린들 누가 아쉬워한다고.' (바닥
을 치는 절망감으로부터 한 작가를 구제하는 건, 편집자의 추상같은 원고
독촉이다.)

천재는 정말 있을까? 천재는커녕 수재는커녕 둔재 소리 들을까 봐 벌벌 떨고 사는 사람 입장에서 볼 때 참으로 께적지근한 질문이라 아니할 수 없다. 아무리 부정하려 애써 봐도, '그들'이 나와 같은 하늘을 이고 살아가고 있음을 모르지 않기 때문이다.

왜 자신이 아니라 하필이면 저 (평소엔 살짝 핀이 나가 보이는) 아마데우스에게 천재성이 깃든 것인지 신을 원망하던 살리에르의 일화를 상기하지 않더라도, 이 사회 구석구석엔 누군가는 각고의 노력을 통해 간절히 얻고자하는 '바로 그 비상한 능력'을 엄마 뱃속에서부터 타고난 인간들이 존재한다. 그들은 대체로 "어 이런 건 뭐 그냥 하면 되는 거 아닌가" 식의 천진난만함을 과시하여 범부凡夫를 두 번 죽이곤 한다.

음악의 천재, 문학의 천재, 어학의 천재, 연기의 천재, 게임의 천재, 향수 제조의 천재 등등이 있을 테니 요리의 천재 또한 없으란 법 없다. 〈라따뚜이〉의 절대미각 생쥐 레미처럼 말이다. 극장 안엔 10세 미만 자녀를 대동한 부모들이 적지 않았는데, 친절한 더빙상영관을 놔두고 굳이 자막상영관을 찾아들어온 것은 유아 영어교육 열풍의 한 징후로 짐작되어졌다. 꼬맹이들과 함께 볼 영화로 이 작품을 택하면서 어른들은 영어교육뿐 아니라 심성교육의 효과 또한 염두에 두었을 것이다.

'(요리는) 누구나 할 수 있다'는 구스토 레스토랑의 모토를 가슴 깊이 새긴 아이가 조금의 실패에도 절망하거나 좌절하지 않는 성숙한 인간으로 자라기를 바라는 그 의도야 훌륭하다. 그러나! 만약 내게 아이가 있다면…… 아마도 애가 이 영화를 보러 가자고 조를까 봐 전전긍긍하지 않을까 싶다. 천재성의 요소라곤 찾아볼 수 없는 내 유전자와 뺀질뺀질함과 심드렁함을 수시로 넘나들던 내 유년 시절의 성정을 쏙 빼닮은 아이가 태어났다는 가정하에서다.

"엄마, 이 영화의 교훈은 뭔가요?" 애가 눈을 둥그렇게 치켜뜨고 물어온다면 뭐라고 대꾸해야 하나. "하고자 하면 누구나 할 수 있다, 는 거잖아. 그러니까 너도 열심히 노력하며 살라는 거지." 궁색하기 이를 데 없는 대답을 들으면 애는 또 묻겠지. "근데 레미가 무슨 노력을 했나요? 원래 천재로 태어난 거 같은데." 그럼 나는 자식 앞에서 솔직하게 말할 수 있을까. "얘야, 미안하지만 너는 레미가 아니라…… 링귀니란다." 인생의 치명적 비극을 맛봐버린 아이를 위로하기 위해 이렇게 덧붙이는 것밖에 다른 도리가 없겠지. "그러니까, 얘야, 너도 친구를 잘 사귀면 되지 않니?" 아아, 아이가 없다는 게 이렇게 다행스러울 수가!

비천하게 태어났으나 마침내 성공할 수 있었던 레미의 필살기는, 결국 재능이다. 요리 훈련이라곤 요리 프로그램 몇 번 보고 요리책 좀 읽은 게 전부인 레미에 비하면, 각고의 노력 끝에 조금씩 성장해가는 〈대장금〉의 장금이나 〈미스터 초밥왕〉의 쇼타는 성실해도 너무 성실하게 느껴질 지경이다.

하지만 어쩌랴. 또다시 닥쳐온 마감 앞에서, 레미도 아닌 주제에 내가 최고의 라따뚜이를 만들 수 있을까라는 의문은 사치스럽기만 하니까. 여기 재료가 있고, 저기 내 요리를 기다리는 손님들이 있다. 모자 속에 숨겨둔 생쥐도 없고, 도망갈 곳도 없다. 자, 앞치마 끈을 질끈 묶을 수밖에. 자학과 질투, 때론 체념을 화력 삼아 오늘도 주방은 분주히 돌아간다.

우리가 오를
봉우리

달리는 길의 하늘과 바람과 별을 발바닥에 새길 수 있다면

"아프리카의 세렝게티 초원은 얼마 남지 않은 야생동물의 천국입니다. 이곳에서 초식동물이 살아남는다는 것은 쉬운 일이 아닙니다. 많은 위험이 도사리고 있지요." 〈말아톤〉의 초원이 중얼거렸을 때 나는 이것이 적확하지 않은 진술이라고 생각했다. 초식동물만이 아니다. 초원에 발을 들여놓는 순간 모두 위험하다. 얼룩말을 먹고 사는 사자 또한 절대 강자가 아니다. 그들은 저희끼리 싸운다. 서열을 가려야 하기 때문이다. 살아남는다는 것은 누구에게나 쉬운 일이 아니다. 적어도 나는, 그렇게 교육받고 자랐다. 달려라, 더 빨리 달려라, 끝까지 달려라. 레이스의 진짜 경쟁자는 너 자신이니 너는 너를 이겨야만 한다! 고등학교 때 우리 반 급훈은 정말로 '극기克己'였고, 아무도 그것을 이상하게 여기지 않았다.

내일 할 일이 '말아톤'이라고 또박또박 일기장에 쓰는 청년 초원은 자폐증을 가지고 있다. 그는 달린다. 달리기를 좋아하는지 싫어하는지 무서워하는지 행복해하는지는 그의 어머니조차 모른다. 그는 그저 달리는 것처럼 보인다. 마라톤 풀코스의 세 시간 내 완주라는 그의 어머니가 세운 목표에 대해 코치는 "미친 짓이에요"라고 일축한다. 특수학교의 교장선생은 "그래서 뭐가 달라지나요?"라고 말한다. 우리는 안다. 그것은 이미 규격화된 틀 안의 '정상적인 목표'이며, '정상인과 다른' 초원이 그 목표를 이룬다고 해서 장애를 포함한 그의 인생이 갑자기 장밋빛으로 바뀌는 일은 일어나지 않을 것이다.

그러나 마라톤대회에 출전한 초원이 만류하는 엄마의 손을 뿌리치고 홀로 달리는 장면을 보면서 이 편견은 서서히 흔들린다. 우리가 마라토너의 초인적인 인내력에 감탄하고 자기와의 싸움에서 승리한 인간의 위대함에 대해 경의를 표하는 동안, 초원은 달리기의 '순간을 느끼고' 있었다. 나뭇가지들이 바람에 흔들리는 순간, 비가 주룩주룩 마른 땅을 적시는 순간, 터질 것처럼 가슴이 벌떡벌떡 뛰는 순간. 그 사소하고 경이로운 찰나들을 온몸으로 받아들이면서 그는 달리고 있었다.

소설 한 편을 쓸 때마다 백 번도 넘게 자문하곤 한다. 과연 완성할 수 있을까, 좋은 작품이 될 수 있을까. 이토록 고통스러운데 나는 왜 소설을 쓰는 것일까. 그의 앞에 놓인 수많은 42.195km를 생각한다. 다음 레이스에서 완주하지 못할지라도, 스스로의 기록을 깨뜨리지 못할지라도, 달리는 길의 하늘과 바람과 별을 발바닥에 새길 수 있다면 그는 진짜 마라토너다. 초원에게 그리고 나에게, 김민기의 〈봉우리〉를 바친다. "우리 땀 흘리며 가는 여기 숲 속의 좁게 난 길. 높은 곳엔 봉우리는 없는지도 몰라. 그래 친구여 바로 여긴지도 몰라. 우리가 오를 봉우리는."

예술가의 아내는
끊임없이 아기를 낳고

예술가는 이 복작복작 구질구질한 일상에 상관없이
영혼의 연인과 화실에 유폐되어 그를 시선으로 더듬고 붓으로 그린다

예술가는 무엇으로 사는가. 밥을 먹고 산다. 예술은 원래 배고픈 거라고? 그렇다고 굶어 죽을 수는 없지 않은가. 혈혈단신 가벼운 혼자 몸이라면 또 모르겠다. 하지만 한 집안의 가장이자 줄줄이 딸린 애들의 아버지가, 예술가라는 직업 아닌 직업을 소유했을 때 문제는 꽤나 복잡해진다. 그래서 자본주의 체제의 예술 시장에는 예술가 말고도 꼭 존재해야 하는 핵심 멤버가 두 부류 더 있다. 예술가의 예술작품을 적절한 재화를 지불하고 구매해 주는 것은 후원자의 몫이며, 예술가와 후원자 사이에서 예술작품의 판매를 효과적으로 대행하는 것은 거간꾼의 역할이다. 〈진주 귀걸이를 한 소녀〉에도 어김없이 이들이 등장한다. 천재적 화가 베르메르 뒤에는 탐욕스러운 후원자 반 라이번이 있고, 이 둘 사이에 베르메르의 장모가 끼어들어 에이전트 노릇을 한다.

이 삼각구도의 한가운데 소녀 그리트가 서 있다. 소녀는 하녀다. 부르주아 가정에 고용된 어린 하녀가 위험한 섹슈얼리티의 기운을 뿜어내며 주인어른을 유혹하여 예민한 사모님을 신경쇠약증 환자로 만든다는 이야기는 흔하다. 하지만 이 하녀는 좀 다르다. 주인어른과 모종의 관계를 맺게 되는 건 분명한데 그 모종의 관계가 외설적인 것이 아니라 심히 예술적인 것이다(사모님의 심기를 극도로 불편하게 한다는 측면에서는 별다르지 않다). 둘의 시선이 공중에서 불안하게 마주친 찰나, 삐리리 '필이 통' 하긴 했지만, 그들은 육체적 사랑을 나누거나 야반도주하는 대신 그 불같은 열정을 예술로 승화시킨다. 베르메르와 그리트는 화가와 모델인 동시에 스승과 제자이며 영혼의 연인이다.

예술의 주변에 존재하는 네 번째 인간형은 바로 실패한 예술가 지망생이다. 영화의 원작이 된 소설에서, 소녀는 내부에 잠재되어 있던 미술적 재능을 발견하지만 결국 아무런 현실적인 기회를 가지지 못한 채 푸줏간의 안주인으로 돼지머리와 함께 여생을 살아가게 된다. 어차피 이루지 못할 꿈이라면, 필부匹婦는 예술의 세계를 아예 모르고 사는 편이 더 행복했을까. 무엇이 정답인지는 그 누구도 판단할 수 없는 일이다.

궁금한 것은, 그리트에게 흑심을 품고서 그 아이를 그린 그림을 보고 싶어했던 후원자가 없었더라도 베르메르가 소녀를 화폭에 담을 엄두를 냈을까, 하는 점이다. 또한 얼른 그림이 완성되어야 생활비 한 푼이라도 더 벌 수 있는 거간꾼 장모가 딸마저 배신하고 사위에게 진주 귀걸이를 훔쳐다 주지 않았더라도 그림 〈진주귀고리 소녀〉가 세상에 탄생했을까.

그럼에도 불구하고 영화 내내 후원자와 거간꾼은 악인으로 묘사된다. 예술가의 아내는 끊임없이 아기를 낳고, 외상을 할지언정 푸줏간의 고기를 먹고, 하녀를 부리고, 장신구를 사들인다. 돈이, 필요하다. 예술가는 이 복작복작 구질구질한 일상에 상관없이 영혼의 연인과 화실에 유폐되어 그를 시선으로 더듬고 붓으로 그린다. 그것이 미적 절대성의 영역이라면 예술의 아름다움만큼이나 가혹한 기만이다.

플라토닉한
위무

20대 중반 여직원이 부장님 기쁨조가 되라는
미션을 받는다면 그녀는 어떻게 할까?

미중년의 대표주자 백윤식 아저씨 주연의 〈브라보 마이 라이프〉를 보고 난 뒤, 영화 관계자들께는 정말 미안하게도 궁금한 건 딱 하나. 아저씨들은 왜, 하고많은 일탈 중에서 하필이면 그리들 밴드를 꿈꿔대는 걸까. 대한민국의 한 아저씨 ㄱ은 심드렁하게 말했다. "폼 나잖아." 또 다른 아저씨 ㄴ의 설명은 좀 더 친절했다. "그러니까 무대 위에 올라가면 내 머리 위로 조명 딱 떨어지고 말이야. 관객석의 그 많은 사람들이 다들 숨죽이고 나만 바라보고 있다고 상상해봐. 히야, 무릎 저리고 오줌 마렵고 그러면서도 기분 하나는 끝내주지 않겠어? 그 순간만은 내가 주인공이 되는 거니까."

거듭 미안하게도, 의아함은 한층 증폭된다. 대답이 부족하거나 명쾌하지 않다는 뜻이 아니다. 아니, 진실로, 고작 그게 다란 말인가 싶어서

다. '나, 다시 돌아갈래!'를 직설적으로 표방하는 영화들이 연거푸 만들어질 만큼 이 시대 아저씨들의 설움이 깊은가 보다 짐작할밖에.

한때 잘나갔으나 목구멍이 포도청인지라 꿈을 몽땅 버리고 월급쟁이 생활에 투신하여 하루하루를 비루하게 버텨온 중년 남자들이 옛 영화를 그리워하며 자그마한 반란을 도모한다는 내러티브야 새삼스럽지 않다. 한 가닥 했던 왕년이 있다면 누군들 그 시절이 사무치게 그립지 아니하겠는가. 상대적으로 현실이 초라하다면 말할 나위도 없을 테고.

그런데 그들과 성별도 다르고 연령대도 다른 일반관객의 한 명으로서 불만이 있으니, 이거야 원 아무리 애써도 도무지 그분들에게 감정이입하기가 힘들다는 거다. (너에게 돌아가고 싶은 화양연화의 과거가 없느냐고 묻는다면 얌전히 고개 끄덕일 준비는 되어 있다.) 통과해온 시간들에 대한 성찰은 진행되지 않은 채로 과거를 그저 '좋았던 시절'로 일방적으로 회상해 버리는 불만 외에 또 한 가지는, 영화 속에서 과거 회귀를 통한 일상탈출을 염원하는 주체가 늘 아저씨라는 것.

일상 속에 매몰된 채 자기 존재 가치에 의문을 품는 일조차 사치스러워하는 정도로 따지자면, 말이야 바른 말이지, 이 땅의 아줌마들이 어떻게 아저씨들에게 뒤지겠는가. 그런데 이런 저런 현실에 치여 살던 아줌마들이 잘나갔던 과거를 재현하고자 다시 뭉쳐 으X으X했다는 스토리는 선뜻 떠오르지 않는다. 왜일까? 여자가 남자보다 현실적응력이 뛰어나서? 여자의 '잘나갔던 과거'란 대개 야릇한 상황을 연상시켜서? 여자에겐 록그룹 멤버의 경험이 아니라 꺅꺅 소리 질러대는 팬클럽의 경험이 전부라서? 〈브라보 마이 라이프〉를 보면서 막연하게나마 그 비밀을 짐작할 수 있었다.

……영화 만드시는 분들은, 애초부터 여자에게는 아무런 관심도 없는 거다.

〈브라보 마이 라이프〉의 중심캐릭터 중 유일한 여성인 김유리를 만들어낸 방식을 보면 더 명확해진다. 쭉쭉빵빵 몸매에 얼굴 귀엽고 행동 어리버리하고 마음까지 착한 어린 여직원! 김유리는 실존하는 미혼 직장 여성이 아니라, 직장 여성동료에 대한 아저씨들의 판타지가 노골적으로 집약돼 있는 존재다. 그 예쁘고 상냥하고 이해심 많은 아가씨가, 정년퇴임을 앞둔 부장님의 회춘(헉!)을 위해 자발적으로 '플라토닉한' 데이트 상대가 되어 줄뿐더러, 비록 육체적 접촉은 없었으나 어쩌면 그보다 훨씬 더 근원적이고 내밀한 정신적 위무의 역할을 수행한다는 그야말로 '아저씨스러운' 구리구리한 발상을 어쩌면 좋으랴.

영화가 아닌 실제에서, 기업체의 20대 중반 여직원이 부장님 기쁨조가 되라는 미션을 받는다면 그녀는 어떻게 할까? 아마도 성폭력센터에 상담전화를 걸거나, 사표를 쓰거나, 울며 겨자 먹기로 (실제론 백윤식 오빠처럼 젠틀할 리 만무한) 부장님의 파트너가 되는 수밖에 다른 도리가 없을 것이다.

누구에게나 내 인생이 가장 고단하고 불쌍하며, 오직 나만이 희생과 인고의 가시밭길을 걸어온 것처럼 느껴지는 게 당연지사다. 그러니, 당당하게 브라보 '마이' 라이프를 외치지 말라는 게 아니다. 다만, 저기 저

보이지 않는 구석자리에는 차마 무대에 오를 엄두도 내지 못하고 손바닥 아프게 박수나 쳐야 하는, 심지어 방실방실 웃으며 열광하는 시늉까지 해야 하는 또 다른 누군가가 있음을, 잊지 말지어다.

애국의
조건

문제는, 언제나 그렇듯, 돈이다

제니와 주노는 방년 15세의 파릇파릇한 아해들이지만, 재희와 준호는 15×2(+α)의 나이를 먹은 늙수그레한 연인 사이였다. 사귀기 시작한 지도 어언 몇 해가 흘렀으며 얼마 전 나란히 삼십대의 문턱에 진입한 처지다. 그들이 귀에 못이 박히도록 듣는 질문이 '대체 국수는 언제 먹여줄 거야?' 라는 것은 당연지사였다. 결혼? 언젠가는 해야겠지. 둘은 막연히 그렇게 생각했다. 문제는, 언제나 그렇듯, 돈이었다.

준호는 장남이었다. 일찌감치 생활능력을 상실한 부모를 위해 꼬박꼬박 생활비를 보태야 했다. 오래전 주식투자로 진 빚도 아직 남아 있었다. 콧구멍만 한 직장의 월급은 종종 밀렸다. 그럴 때면 돌려 막은 카드의 결제에 문제가 생길까 봐 가슴이 바짝바짝 타들어가곤 했다. 제2금융권에서 텔레마케터로 일하는 재희는 계약직이었다. 요즘 언론에 자주 등장하는 비정규직 여성 노동자인 셈이었다. 결혼하고 계속 지금의 직장에 근무할 수 있을지는 아무도 몰랐다. 서른 넘은 기혼여자가 새로운 직장을 구하는 게 보통 일이 아니라는 것만은 삼척동자도 알 일이었다.

서울 혹은 그 언저리에서 신혼집을 얻으려면 수중에 몇 천만 원이라도 쥐고 있어야 했다. 그렇다고 재희는 일일 연속극 속 새댁들처럼 시집에 들어가 시부모와 시동생들과 함께 와글와글 부대끼며 살고 싶지는 않았다. 하긴 그러고 싶어도 그럴 만한 여유 공간도 없었지만. 가끔 서울 시내가 한눈에 내려다보이는 높은 곳에 올라갈 때면 재희와 준호는 작은 한숨을 뱉어내곤 했다. "세상에는 집들이 저렇게 많구나. 저 사람들은 다들 돈이 어디서 났을까?" "그러게 말이야. 결혼하고 집 사고 애 낳고. 요즘 같은 시대에 그걸 아무나 할 수 있냐." "참, 자기야. 그거 알아? 1.2.3 운동이라고. 대한가족보건복지협횐지 어딘지 하는 데서 캠페인 벌이더라. 결혼한 지 일 년 안에, 애 둘을, 서른 살 되기 전에 낳으라는 거래." "으하하, 고난이도 개그냐? 〈웃찾사〉에 나가보라고 해." "그치? 분수도 모르고 1.2.3 운동을 따라하면 40대에 파산하고 50대에 자살한대." 큰 소리로 웃었지만 입맛이 썼다. 그들은 동시에, 얼마 전 같이 보았던 영화 〈제니, 주노〉를 떠올리는 중이었다.

열다섯 살의 중학생들이 사랑을 하여 아기를 가지고 결국 그 아기를 '지켜낸다는' 그 영화. 그래, 뭐 그럴 수도 있겠다. 대한민국에서 한 해 동안 낙태당하는 태아의 수가 200만에 가깝다는데, 초등학생들도 임신을 하는 마당이라는데, 사실 별로 충격적이지도 않았다. 그러나 재희와 준호는, 차마 상대방에게 말을 하지는 못했지만 그 웃기는 영화를 보고 마음이 아팠다. 심지어 그 애들이 부럽기도 했다. 세상에는 다만 맘 내키면 아기를 만들고 또 쏨풍 낳기만 하면 되는 커플도 있는 것이다. 낳아놓기만 하면 뒤처리는 모두 유복하고 자애로운 어른들 몫이다. 아기는 사랑과 정성을 담뿍 받으며 정상적인 중산층의 어린이로 자랄 것이다. 그러니 〈제니, 주노〉의 진정한 주제는, 애국도 부모 잘 만나야 할 수 있다는 것. 출산율 저하에 혀를 차며 이 나라의 장래를 걱정하는 어르신들께서, 입이 찢어지도록 흐뭇해할 영화임에 틀림없었다.

당신이 훨씬
더 예뻐

때론 진부한 거짓말이 필요한 순간이 온다.
허황한 영화 한 편보다는 확실히, 위로가 된다

생활이 그대를 속일지라도 노여워하거나 슬퍼하지 말라. 일찍이 푸시
킨은 그렇게 말했다. 두 아이를 키우는 맞벌이부부 철수와 영희가 함께
극장을 찾아 개봉영화를 보는 것은 불가능의 영역에 속하는 일이었다.
일상은 전쟁에 가까웠다. 어언 수년 만에, 단 둘이 영화를 보게 되었을
때 그들은 다소 흥분했다. "자기야, 우리 무슨 영화 볼까? 니콜 키드먼
나오는 거 볼까?" 영희가 소녀처럼 재잘거렸다. 〈스텝포드 와이프〉? 제
목에 '와이프'라는 단어가 들어간다는 게 어째 좀 꺼림칙했지만 별다른
대안이 있는 것도 아니었으므로 철수는 기꺼이 표를 끊었다. "니콜 키드
먼은 이혼하고 나서 더 멋있어진 것 같아. 지질한 결혼생활보다는 아무
래도 혼자가 편하겠지?" 영희가 슬쩍 그의 동의를 구했다. 고개를 끄덕
이고 싶었으나, 후환이 두려워 철수는 짐짓 못 들은 척했다.

"아아, 누가 나 좀 스텝포드 마을에 안 데려가 주나?" 영화가 끝난 뒤, 영희가 긴 탄식을 섞어 말했다. 철수는 의아했다. "당신, 그게 무슨 소리야? 평소에 나한테는 아마조네스 여전사처럼 굴더니. 지금, 로봇으로 사는 그 여자들이 부럽단 말이야?" 영희가 입을 삐죽댔다. "그래. 부럽다면 어쩔래? 현모양처는 뭐 아무나 하는 줄 알아? 마누라가 저렇게 꽃같이 치장하고 편히 들어앉으려면, 남편이 한 달에 얼마나 벌어야 되는지 몰라서 그래?" 불시에 한방 맞은 철수가 바로 반격했다. "어이구, 꿈 깨셔. 거기 사는 그 여자들, 하나같이 사회적으로 엄청 성공한 여자들이라잖아. 조안나는 방송국 CEO였고, 베스트셀러 작가에, 항공사 사장에…… 또 외모는 어찌나 다들 슈퍼모델 급인지. 솔직히 당신은 거기 들어갈 기본조건조차 안 된다고." 영희가 철수를 정면으로 노려보았다.

"말이 났으니까 얘기지만 나는 이 영화에 나오는 멍청이 같은 남편들과는 달라. 사내놈들이 오죽 못났으면 마누라 잘나간다고 열등감을 느끼냐. 성공한 와이프 둔다는 게 얼마나 자랑스러운 일인데." "흥, 여우같은 요즘 남자들 본심을 누가 모를 줄 알고! 돈도 잘 벌고, 살림도 잘하고, 애도 잘 키우라는 거 아냐? 그러면서 지들은 여전히 손 하나 까딱 안 하지. 차라리 집에서 곱게 살림만 하라는 스텝포드 남편들이 순진한 거라고!" 영희의 힐난에 철수는 대꾸를 하지 못했다.

극장 문을 나서자 어느새 먹먹한 어둠이 밀려와 있었다. 집으로 가는 지하철 안에서 영희가 쓸쓸히 중얼거렸다. "조안나인지 뭔지 그 여자. 여러 가지로, 평범한 아줌마 기죽이는 캐릭터더라. 자기가 겪은 얘길 다큐멘터리로 만들어서 에미상을 휩쓸었다니. 휴. 솔직히 당신도 조안나 같은 여자랑 살고 싶지?" 철수가 가만히 영희의 어깨를 감싸 안으며 속삭였다. "그런 완벽한 여자보다 나한텐 당신이 훨씬 더 예뻐." 살다 보면 때론 진부한 거짓말이 필요한 순간이 온다. 허황한 영화 한 편보다는 확실히, 위로가 된다.

가슴
맨 밑바닥의 자리

프랭키는 길고 어둠침침한 복도를 걸어서 나갔다.
그에게 남은 것이 없다고는 생각하지 않는다

우리는 피를 나눈 사이를 혈육이라고 부른다. 그런데 궁금하다. 피,
즉 유전자의 일부를 공유했다고 해서 사람들은 정말로 서로의 '피'를 나
눌 수 있는가. 꿈과 고통, 희망과 절망에 대하여 낱낱이 이해할 수 있는
가. 진심으로 끌어안을 수 있는가. 거꾸로 말할 수도 있겠다. 가족이라
는 핏줄로 엮이지 않은 사람들은 서로의 '피'를 나눌 수 없는가. 그런가.
나의 가장 소중하고 치명적인 것을. 나의 맨 밑바닥을.

프로복서가 되고 싶어 프랭키의 체육관을 찾았을 때 매기는 서른한
살이었다. 그보다 곱절의 세월을 더 살아온 것 같은 프랭키는 냉정하게
말한다. 그 나이에 발레리나를 지망하는 여자가 없듯 너 역시 권투선수
가 될 수 없다고. 그러나 매기에게는 통하지 않는다. 매기는 오직 꿈만
보는 사람이다. 꿈에 대한 열망이 거룩하도록 집요하여 어떤 고통도 기

쁘게 참아 낼 수 있다. 어서 링 위에 서고 싶고 더 강한 상대와 맞붙고 싶다. 승부를 걸고 싶고 제 실력을 확인하고 인정받고 싶다. 이 가난한 웨이트리스는 자기 존재를 세상에 증명할 다른 방법을 알지 못한다.

챔피언을 케이오시키고 벨트를 획득하는 순간은 과연 한 명의 프로복서로서 닿을 수 있는 권투인생 최고의 정점일 것이다. 하지만 늙은 트레이너 프랭키는 제가 훈련시킨 복서들 앞에 다다를 그 순간을 자꾸만 유예시켜 왔다. 짧고 강렬한 절정 뒤에는 필연적으로 내리막이 온다. 그것이 삶이다. 정작 프랭키가 두려워하는 것은 자신의 선수가 마주할 생의 굴곡이 아니라 그 과정에서 자기가 떠안게 될 마음의 빚과 상처일지도 모른다. 너 자신을 보호하라. 프랭키가 선수들에게 입버릇처럼 외쳤던 소리는, 실은 공허한 혼잣말이었을 것이다.

그러나 프랭키는 매기의 챔피언 타이틀전을 보류하지 않는다. 도리어 예상보다 빨리 경기를 추진한다. 이미 그가 매기의 간절한 열망을 자신의 것으로 받아들였다는 의미다. 경기장 안에서나 밖에서나 그는 훌륭한 지혈사다. 부러진 코뼈를 맞춰주고, 피를 멈추게 한다. 속악함을 노골적으로 드러내는 친엄마를 만나고 돌아오는 길, 매기가 멍한 표정으로 차 안에 앉아 있을 때 프랭키는 말없이 세차를 한다. 유리창에 묻은 얼룩들을 깨끗이 씻어내는 그는 매기의 고통과 꿈, 절망과 희망, 그 환하고 아픈 무늬들을 찬찬히 쓰다듬을 수 있게 되었다. 챔피언전에서 매기가 뒤통수를 가격당하는 그 찰나, '자신을 보호하지 않은 사람'은 링 위의 매기만이 아니다.

〈밀리언 달러 베이비〉의 프랭키와 매기는 아버지와 딸도, 연인 사이도 아니다. 그들의 특별한 관계를 규정할 만한 단어는 꼭 하나뿐이다. 가만히 발음해 본다. 혈육. 다정하고 쓸쓸하고 쓰라린 이름. 가슴 맨 밑바닥의 자리. 영혼의 피를 나눈 사람. 최후의 순간 프랭키는 길고 어둠침침한 복도를 걸어서 나갔다. 그에게 남은 것이 없다고는 생각하지 않는다. 그의 뒷모습을 오래도록 잊지 못할 것이다.

구부정한 뒷모습 혹은
고요한 정물

그의 잘못은 오직 하나, 착한 사람이라는 것뿐

〈인어공주〉는 섬 출신 신데렐라의 고단한 후일담이다. 70년대, 비바리들의 해산물 채취가 주 수입원인 도서벽지에서 우체부 청년은 동네 최고 킹카일 수밖에. 그 총각, 월급 또박또박 받는 체신 공무원일뿐더러 허우대도 몹시 수려하고 심성 또한 비단결이다. 오죽하면 이름마저 '진국'이랴! 섬 처녀 연순이 그를 오매불망 '겁나게' 연모하는 것은 당연하다. 사실 그 마을에는 꽃다운 나이의 활력 넘치는 처녀 연순이 마땅히 연애를 걸어볼 만한 다른 상대도 없었으므로. 어쨌거나. 멋진 청년 진국과의 결혼에 골인했을 때 섬 마을 처녀는 온 세상을 다 얻은 듯 행복했을 것이다.

그러나 세월은 과연 무정하나니, 30여 년의 시간은 모든 것을 바꿔버렸다. 싱그럽던 해녀 처녀가 그악스런 목욕 관리사(일명 '때밀이 아줌마´)가 된 것보다 더 충격적인 변화는 그토록 아름다웠던 청년이 완전히 다른 사람처럼 망가진 채 폭삭 늙어버렸다는 사실이다. 남의 빚보증으로 월급이 차압되고 딸년 등록금까지 날려버릴 만큼 무능한 아버지, 마누라의 패악에 맞서지도 못하고 눈만 끔벅끔벅하는 중늙은이, 볼일 본 다음 바지 지퍼 올리는 걸 잊을 만큼 어눌한 그 초로의 사내는 오직 어두컴컴한 방안의 텔레비전 앞에서만 바보천치처럼 허허 웃는다.

하지만 자식은, 우리는, 그를, 아버지를, 증오할 수가 없다. 도저히 미워할 수도 없다. 아버지는 오입질을 하지도 않았고 엄마를 구타하지도 않았다. 술주정도 하지 않았고 가부장으로서의 권위를 과장 발휘하여 식구들을 억압하지도 않았다. 그의 원죄는 오직 하나. 한때는 눈부신 장점이었을 그것. 착한 사람이라는 것뿐이니까. 구성원 내부의 윤리적 악행이나 사회의 구조적 문제는 철저하게 거세된 채, 이 선량한 가장이 이끄는 가족의 경제적 빈곤은 '착한 사람에게 유난히 가혹한 운명 탓'으로 돌려진다. 그러므로 〈인어공주〉의 아버지는 오욕칠정을 가진 살아 숨 쉬는 욕망의 주체가 아니라 구부정한 뒷모습 혹은 고요한 정물로만 존재한다. (또한, 50대 이후 연령의 인권 차원에서 한마디 덧붙이자면, 남성을 '해사한 젊은이 vs 추레한 늙은이'로 재현하는 것은 여성을 '성녀 vs 악녀'로 이분화시키는 것처럼 상투적인 도식이다.)

흥미로운 것은, 착하고 무기력한 아버지의 딸로 태어나 갖은 고생을 원죄처럼 짊어지고 살아온 나영이 가난한 고아 출신 남자와 애인 사이라는 점이다. 나영과 그 가족을 늘 따뜻이 감싸 안아주는 더없이 착한 그 청년은 먼 훗날 어떤 남편이 되어 있을까. 젊은 부모의 동화 같은 로맨스는 어쩌면, 자신의 누추한 선택과 불안한 미래를 합리화시키기 위한 나영의 무의식적 자기주술일 것이다. 비루한 현실 뒤에 실은 시원始原의 아름다움이 있었으니 삶을 긍정하고 이해하라는 이 영화. 그 소박한 위선의 진정성은 대대손손 이어지리라.

얼음처럼 시린 눈동자로, 소년은 사막을 건너간다

공주와 머슴

낭만적 사랑과 정치적 제도 사이에서 방황하지 않는 여자

그 여자의 이름은 피오나. '겁나 먼' 왕국의 공주다. 양친의 사랑을 듬뿍 받으며 밝게 자란 처녀답게 명랑, 발랄, 유쾌한 성격을 자랑한다. 흠이라면 좀 못생겼다는 건데 아무려면 어떤가. 신데렐라처럼 가진 거라곤 얼굴 하나 반반한 것뿐인 여자아이들과 피오나는 본질적으로 다르다. 무슨 소린지 모르겠다고? 아이 참, 그 아가씨는 멋진 왕국의 무남독녀 외동딸이라니까!

하긴, 배우자를 선택할 때 '그가 가진 조건도 당연히 그의 일부 아닌가요?'라며 눈 동그랗게 뜨는 건 남자나 여자나 마찬가지일 터다. 이런 세상에서, 세상 돌아가는 걸 좀 읽을 줄 아는 남성이라면 자신의 배우자감으로, 반반한 얼굴과 어린 나이를 이용해 단번에 신분상승의 에스컬레이터를 타려는 처녀들보다야, 많은 걸 가지고도 소박하고 털털한 피

오나 공주 쪽에게 훨씬 더 높은 점수를 줄 것이다.

그렇다면 여자는 어떤 남자를 이상적인 남편감으로 생각할까. 여기서 '남편감'에 밑줄 쫙. '남자친구감'도 아니고 '애인감'은 더더욱 아니다. 잘생긴 남자? 허허. 얼굴 뜯어 먹고 살 일 있나. 샤방샤방 꽃미남들은 텔레비전을 통해 얼마든지 욕망할 수 있다. 돈 많은 남자? 글쎄. 없는 것보다야 여러 모로 편리하겠지만, 머리 좀 굵은 처자들이라면 누구나 알고 있다. 돈은 있다가도 없고 없다가도 있으며, 남자가 가진 돈은 남자 것이고 남자 부모가 가진 돈은 남자 부모의 것일 뿐이라는 소박한 진리를.

그러니 우리는 이 대목에서 피오나 공주의 사랑을 이해하지 않을 수 없다. 슈렉은 보통에서 한참 딸리는 외모와 심히 개성적인 매너 때문에 '괴물'이라는 별명으로 불리는 남자다. 하지만 사랑이란 숭고하고도 편리한 것. 이미 사랑에 푹 빠져 눈 먼 피오나에게 남자의 외양 따위는 중요하지 않다. 아니 발상을 살짝 전환해 본다면 오히려 괴물 슈렉은 최고의 남편감일지도 모른다. 얼굴 값하는 마마보이 왕자님보다야 힘세고 우직하고 나밖에 모르는 머슴이 '대끼리'인 것이다.

더구나 피오나의 신분은 공주가 아닌가. 공주란 원래 머슴을 욕망하는 존재다. ("마님!" 웃통 벗어젖힌 채 장작을 패던 이대근 아저씨를 떠올려 보라.) 신분은 미천하지만 힘 좋고 몸 좋은 남자. 그 사내가 내뿜는 파워풀한 야성은 오직 '나'를 통해서만 통제되고 '나'를 위해서만 쓰인다. 피오나 식 사랑에 길들여진 슈렉은 타고난 유목민이던 제 본성도 망각한 채 이렇게 절규한다. "내가 원하는 건 피오나의 행복이야!" 머슴이 공주를 사랑하는 한, 공주가 머슴을 소유하는 한, 여자는 든든한 '내 남자'의 울타리 안에서 오래도록 안전할 것이다. 아아, 신분의 차이마저 극복한 이들의 결합을 완전한 사랑이라 불러도 좋으리라.

이 남자랑 살까, 말까. 내 인생을 걸까, 말까. 여자의 흔들리는 마음을 꽉 다잡도록 만드는 것은 바로 남자의 '우직함'이다. 좀 못나고 가진 게 없어도, 이 남자만큼은 언제나 변함없이 내 옆자리를 지켜주리라는 믿음. 안달안달 눈치 보지 않아도 되고, 저이가 당최 뭔 생각을 할까 고민하지 않아도 되는 사람. 잘생긴 남자나 돈 많은 남자보다, 편한 남자와 믿음직한 남자가 미인을 차지하는 이유다. 길가에서 종종 발견되는 미녀와 야수 커플의 공공연한 비밀이기도 하고.

그러나 여기서 잠깐. 이 커플에게는 아직 치명적인 문제가 남아 있다. 로맨스의 신화가 현실이 되려면 제도의 용인, 즉 부모로부터의 인정이 필수적이라는 사실을 우리는 잠시 잊고 있었다. 〈슈렉 2〉에서 피오나 공주는 이 세상 모든 딸들의 고민을 반복하고 있다. 낭만적 사랑과, 부모(제도) 사이의 줄타기. 그래서 어떻게 되느냐고? 대개의 여성들이 꿈꾸는 바로 그대로, 우리의 영리한 피오나는 손에 피 한 방울 안 묻힌 채 가장 현명한 타협점을 찾아낸다. 실제로 모든 소동을 종결시키는 것은, 괜히 큰소리만 뻥뻥 치던 아버지의, 가족을 위한 장렬한 희생 혹은 회개다.

'정치적으로 올바른' 캐릭터답게 피오나는 추녀의 모습 그대로, 괴물 신랑 슈렉의 집으로 돌아갈 것이다. 하지만 그 사회적 위상은 명백히 달라졌다. 부모와 만백성의 축복 아래 사랑을 공인받은 천방지축 피오나 공주님은 이제 제도권의 품안에 무사히(!) 안착했다. 그리고 〈슈렉 2〉는 새로운 방식의 '가족 판타지'로 귀결되었다.

백일몽

나조차도 믿기지 않지만 나도 한때는 열여섯 살 꿈 많은 소녀였다. 한쪽에선 88서울올림픽을 기다리는 카운트다운 소리가 요란했건만 서울 변두리 한 소녀의 이팔청춘은 매일 짜증의 연속이었다. 새벽마다 도시락 두 개 흔들며 등교했다가 별을 보며 하교하는 거야 기본 중에 기본. 몰래 '소방차' 콘서트 갔다 온 걸 들키는 바람에 엄마의 잔소리는 하늘을 찔렀고, 대판 싸운 단짝 친구는 나 보란 듯 금세 딴 애랑 시시덕댔으며, 이웃 남자 고등학교의 축제기간이 하필 중간고사와 딱 겹친 것도 모자라 내 이마엔 주먹만 한 여드름이 돋아나고 있었다. 만원버스 안에서 슬쩍 엉덩이를 만지고 도망가던 변태 아저씨까지. 아아, 열여섯 내 인생은 정말이지 외롭고 한없이 구질구질했다.

고백건대 내 소녀시대를 위로해준 것은 팔 할이 '공상'이었다. 〈어린

99

신부〉를 보는 내내 벌어지는 입을 다물 수 없었다. 아니 저건 그때 내가 독서실 책상에 엎어져 열심히 상상하던 바로 그대로잖아? 보은이 너는 운도 억세게 좋구나! 이 맛있는 꿈속에선 사랑도 우정도 다 소녀 맘대로 다. 신경질 마녀인 노처녀 담임 골탕 먹이는 것쯤은 일도 아니고, 해병 대 고참이랍시고 개폼 잡는 예비군 아저씨한테도 얼마든지 앙칼지게 개 길 수 있다.

신혼 아파트가 고급 기숙사를 연상시키는 것은 우연이 아니다. 부모 로부터의 합법적 독립은 이 환상적인 종합선물세트의 키포인트이기 때 문이다. 한 집에서 각 방을 쓰는 젊은 남녀, 거실과 주방과 화장실은 공 통의 공간, 자연히 재미난 사건들이 얽히고설킨다. TV 청춘 시트콤에서 처럼 아무도 간섭하지 않는 그 공간에서 당당히 '어른' 같이 사는 거다.

밥? 어머니가 해다 준 반찬 꺼내먹으면 된다. 내키면 가끔 김밥 정도 는 싸기도 한다. 오빠랑 알콩달콩 장보는 건 재밌으니까. 청소? 오빠 시 키면 된다. 또 혼자 다 알아서 하는 최신형 로봇 청소기도 있으니 걱정 마시라. 잠? 어머, 보은이는 그렇게 '막 나가는' 애가 절대 아니다. 물론 워낙 예쁘다 보니 상민 오빠가 호시탐탐 딴 생각을 하는 눈치지만, 어림 없다. 보은이의 주제가는 바로 이거거든. "진짜 사랑이란 건 서로 느낌 이라는데. 나는 사랑을 아직 몰라 조금 더 기다려. 진짜 사랑한다면 조 금 더 참아 주겠지이이~"

〈어린 신부〉를 얄팍한 기획영화라고 비난하는 일은 아주 쉽다. 너희 의 세일러복을 이용하여 결국 너희의 코 묻은 돈을 강탈해 가려는 술책

이니 헛된 꿈 그만 꾸고 정신 똑바로 차리라며 수많은 '보은이들'을 야단칠 수도 있다. 하지만 누추했던 한 시절 상상의 힘으로 버텨왔던 나, 어느새 그 곱절의 나이를 먹어버린 나로서는 차마 그러지 못하겠다. 그애들을 둘러싼 세상은 점점 더 속악해져 가는데, 누가 무슨 자격으로 '소녀의 백일몽'을 막을 수 있을까? 평범 소녀 보은이가 꿈에서 깨어나 맞닥뜨릴 현실이 덜 고달프기를, 그저 바랄 뿐이다.

착각

이나영을 닮은 그 여자의 본명은, 오 마이 갓, '희망'이라니까!

여자 주인공 이연의 입장에서 보면 〈아는 여자〉의 주제는 '인생역전'이다. 사춘기 시절 옆집의 멋진 야구선수 오빠를 보고 첫눈에 반한다. 가슴앓이가 시작된다. 여기까지는 누구나 한 번쯤은 겪어봤을 평범한 사연이다. 문제는 그 어설픈 짝사랑이 십여 년이 지나도록 멈추기는커녕 어둠 속에서 점점 더 열렬히 불타오른다는 사실이다. 그런데, 어느 날 멀리서 바라보며 애만 태우던 그 남자의 '아는 여자'가 된다. 그 남자와 얘기도 하고, 영화도 보고, 밥도 먹고, 뽀뽀도 할 뻔하고, 하물며 한 집에서 잠도 자게 된다. 진심은 통하게 마련인 것을. 남자는 자신을 아무 조건 없이 순수하게 사랑해온 여자의 마음에 감읍한다. 그 여자는 마침내 질긴 짝사랑에서 '짝'자를 떼어버리게 된 것이다. 실로, 눈물 없이는 들을 수 없는 놀라운 인간승리 다큐멘터리다. "저 남자 내가 찍었다"

를 부르짖으며 오늘도 불철주야 스토킹에 매진하고 있는 전국의 여성 스토커들께서 이 영화를 보고 얼마나 희망에 차 기뻐했을지.

그러나 스토커 언니들, 절대로 착각하지 마시길. 그녀는 결코 스토커가 아니다. 스토커에 대하여 모 인터넷 사이트에서는 다음과 같이 정의 내리고 있다. "다른 사람을 추적하거나 감시함. 다른 사람의 거주지나 자주 가는 장소를 배회함. 다른 사람의 소유물을 어떤 형태로든 침범함. 위의 행위를 의도적으로 두 번 이상 함." 여기까지만 보면, 모든 규정이 이연이 치성에게 했던 짓거리들과 딱딱 들어맞는 것 같기도 하다. 그렇지만 결정적인 한 가지가 남았다. 스토커가 되기에 이연은 너무나도 예쁘단 말이다! 자신을 따라 다니는 스토커가 미모의 소유자였음을 알게 되는 순간, 상대 남자는 그것을 스토킹이라는 범죄가 아니라 연애의 차원으로 승화시켜 버리기 때문이다. 〈아는 여자〉의 귀여운 스토커는 현재 누군가를 짝사랑 중인 여성들에게 희망을 주는 캐릭터가 아니다. ("안 돼. 나는 이나영이 아니잖아.") 또한 이연은 현재 누군가의 짝사랑을 받고 있는 남성들로 하여금 그 말없는 사랑의 소중함(?)을 돌아보게 만드는 캐릭터도 아니다. ("짜증나. 이나영 같은 애는 다 어디 간 거야?")

하긴 애초부터 영화의 관심은 '아는 여자'가 되고 싶어 몸부림치는 '모르는 여자들'을 위로하는 데 있지 않았다. 차마 다가서지도 못하고 포기하지도 못하는, 은밀하고 음험한 집착의 욕망을 탐구할 생각도 없었다. 이것은 성인 남자를 위한 판타지다. 왕년에 아마추어 야구에서는 날렸으나 프로페셔널의 세계에선 '2군'인, 별 볼일 없는 남자. 맘대로 되는 일이라곤 하나도 없는 그 팍팍한 인생에게도 실은 언제나 말없이 숨어서 응원하는 누군가가 있었다는 것. 꾸밈없고 순결한 그 천사의 이름이 아무려면 스토커일 리가. 이나영을 닮은 그 여자의 본명은, 오 마이 갓, '희망'이라니까!

어떤 학원

안됐지만 멋진 남자는 운 좋은 년이 일찌감치 채갔다!

만 서른두 살인 두 여자, J양과 H양은 환한 주말 오후 사이좋게 영화를 보러 갔다. 선택한 영화는 〈내 남자의 로맨스〉. 주 5일 근무라나 뭐라나 세상이 좋아진 건 분명한데, 덩달아 주말은 길어지고 특별한 스케줄은 아무것도 없었다. 약속 없는 주말의 무료함이 싱글 여성의 정신세계에 미치는 복잡한 영향에 관해서라면 둘은 이미 박사학위 논문 정도는 가볍게 쓸 수 있는 처지의 처자들이었다.

영화에는 멀쩡한 남자친구가 바람났다고 오해하며 '생 쇼'를 펼치는 스물아홉 살짜리 여주인공이 등장했다. "야. 스물아홉 살이면 몇 년 생이냐?" "몰라. 그냥 네가 태어난 해에다 4를 더해봐. 그럼 답 나오겠네." "누가 듣겠다. 그런 걸 큰소리로 말하면 어떻게 해!" "어머, 내 목소리가 좀 컸나? 걱정 마. 우리가 나름대로 이렇게 어려 보이게 하고 다니는데

설마 삼십대로 보이겠냐. 서른 넘고 나서는, 정장 브랜드에서는 절대 옷 안 사 입고, 노숙해 뵈는 빨간 립스틱은 아예 쓰레기통에 던져버렸다니까." "하긴 나도 그래. 그나저나 현주인가 하는 개. 좀 짜증나지 않냐. 결혼 못해서 아주 안달이 났더라. 스물아홉이 뭐 대수라고 난리야, 난리가. 지금 제가 얼마나 좋은 나이를 살아가고 있는지도 모르고 말이야."

"그러게. 내가 지금보다 네 살이 어리다면 매일 춤추고 다니겠다. 근데 〈싱글즈〉의 나난도 그러더니 왜 영화 속에서 갈피를 못 잡고 헤매는 노처녀들은 죄다 스물아홉 살인 거야? 전쟁터에 총알받이로 나가는 것도 아니고, 걔들 서른 살 맞이하는 자세가 너무나 비장하지 않아?" "꼭 일이냐, 결혼이냐, 양단간에 결정을 내려놔야 삼십대를 시작할 수 있는 건 아니잖아. 그리고 스물아홉 살짜리 남자가 자기 나이의 무게 때문에 괴로워하는 영화 본 적 있어? 이게 바로 서른 넘은 여자에 대한 사회적 통념을 재생산하는 거라고!" "또 걔들 성격은 왜 하나같이 비슷비슷한 건데? 드라마 〈결혼하고 싶은 여자〉도 그렇고, 영화 〈브리짓 존스의 일기〉도 그렇고 다 귀여운 푼수잖아. 사회생활이 어떻든 간에 일상에선 살짝 맹하다고. 하이힐 신고 또각또각 걷다가 맘에 드는 남자 앞에서 갑자기 삐끗 넘어져주는 바로 그 사랑스러움. 괜찮은 남자 주인공들은 또 다 그 면에 혹하잖아. 아, 진짜 식상해."

갑자기 J양이 심각한 표정으로 H양에게 속삭였다. "그런데 말이야, 혹시 무슨 학원 같은 게 있는 건 아닐까? 귀엽고 사랑스러운 노처녀 되기 속성반 같은. 온 세상 여자들 다 아는데 바보처럼 우리만 모르고 앉아 있는 거 아냐?" "우리처럼 사사건건 냉소적이고 분석적인 여자들도 받아줄까?" "아마도 수강료 두 배로 내라고 하고, 열등반에 집어넣지 않을까." "거기 나오면 김상경 같은 애인이 짠, 하고 나타나려나?" "야, 정신 차려. 넌 영화 잘 보고도 그러냐. 오늘 영화의 교훈은 그거잖아. '안 됐지만 멋진 남자는 운 좋은 년이 일찌감치 채갔다!'"

노후 대책

얘들아, 그래봐야 별 수 없다. 결국 이렇게 되는 거란다.

〈사랑할 때 버려야 할 아까운 것들〉. 누가 붙인 제목일까? 그 정확한 감각에 경의를 표한다.

이것은 공포영화다. 해리는, 육십대 초반의 법적 총각이며 무수한 연애질에도 불구하고 한 번도 결혼한 적 없어 '미꾸라지'라는 별명을 가지고 있다. 에리카는, 부드러운 입술을 키스가 아니라 립스틱 바르고 휘파람 불 때나 사용하는 오십대 중후반의 이혼녀다. 딸의 남자친구와, 여자친구의 엄마라는 관계로 맞부딪치지만 이들은 곧 '애들 같은' 사랑을 펼쳐나간다. 사랑을 발견하고, 의심하고, 오해하고, 확인한다. 이 노친네들의 로맨스 여정에 기꺼이 동참하여 즐겁고 유쾌한 시간을 보내는 '정상적인' 다수 관객들의 옆 자리에서, 공포에 질려 부르르 떨고 있는 소수의 '비정상인'이 보이는가? 그렇다. 그 소수 종족의 이름은, 바로 '독신남녀'다.

무엇이든 알려준다는 인터넷 지식검색 사이트에는 친절하게도 다음과 같은 문답이 올라와 있다. "Q: 독신으로서 좋을 때는요? 그리고 서글퍼지거나 외로울 때는요?" "A: 40살까지는 살 만합니다. 편하고 자유롭고. 하지만 마흔 넘으면 정말 남 보기도 초라해 보여요. 마흔까지만 독신을 권하고 싶네요." 아아, 이 대목에서 어찌 이 시대 화려한 싱글 라이프를 몸소 실천하는 두 대표선수의 안부가 궁금하지 않으랴. 〈섹스 & 더 시티〉의 캐리와 〈어바웃 어 보이〉의 윌 말이다. 윌과 캐리는, 해리와 에리카를 보면서 무슨 생각을 할까?

애인과의 잠자리를 위해 비아그라를 복용하고 심장마비로 쓰러지는 주책 맞은 중늙은이 해리(잭 니콜슨)는, 아무것도 책임지고 싶어하지 않는 관계기피증 환자 윌(휴 그랜트)의 25년 후 모습과 겹친다. 또 누구도 데이트 신청을 하지 않아 밤마다 노트북 앞에 앉아 원고나 쓰는 신세인 신경질적인 작가 에리카(다이앤 키튼)는, 쿨하고 자유로운 뉴요커 캐리(사라 제시카 파커)가 상상하는 20년 뒤의 서글픈 자화상일지도 모른다. 성공한 사업가라 해도, 최고의 희곡작가라 해도, 해리와 에리카는 불완전한 인간이다. 쓰러졌을 때 간호해줄 사랑하는 사람이 없기 때문에, 운명의 짝과 가정을 이루어 살고 있지 않기 때문에, 그들의 인생은 공허하고 초라하다.

에리카는 자신에게 열렬히 구혼하는 청년 의사(크혁, 그는 키아누 리브스다!)를 버리고 '같이 늙어가는' 해리를 선택한다. 남들 눈에 비정상적으로 보일 만한 '모험' 대신 '안정'을 택하는 것이다. (아무리 곱씹어 봐도 '버리기'엔 키아누 리브스가 아까워도 너무 아깝지!!)

이제 누가 봐도 잘 어울리는 한 쌍의 새로운 노땅 커플이 탄생하였고, 해리와 에리카의 노후는 안전하게 보장되었다. 해리와 에리카는, 윌과 캐리에게 충고한다. "얘들아, 그래 봐야 별 수 없다. 결국 이렇게 되는 거란다." 해리와 에리카 커플이 손자의 재롱에 흐뭇해하는 장면을 담은 영화의 에필로그는, 내가 아는 한, 가장 섬뜩한 한 장의 가족사진이다.

사라진 포인트

아무튼 호정이가 나랑 딱 이틀만 바꿔 살아봤다면 그런 결정은 안 했을 거야

여보세요. 나야, 뭐하고 있어? 응, 애 유치원 보내고 아침 토크쇼 보고 있다고? 그렇구나. 나는 회사야. 나, 어제 시어머니랑 또 한바탕했다. 우리 부부가 맞벌이하니까 아주 돈을 갈고리로 긁어모으는 줄 아시나 봐. 글쎄 우리더러 시동생 결혼하는 데 한밑천 보태라는 거 있지? 이젠 정말 지겨워서 못살겠어. 애 맡길 데가 없어서 아침마다 동동거리면서도 한 푼이라도 더 벌러 나오는 며느리 사정은 모르나 봐. 아무튼 이럴 때 시집 잘 가서 손에 물 한 방울 안 묻히고 호강하는 여자들이 젤 부럽다니까. 그래, 나도 호정이 소식 들었어. 기가 막히더라. 걔 결혼할 때 우리가 다 입 벌리고 부러워했잖아. 신랑은 인물 좋은 변호사에, 시댁에 돈도 많고, 또 신세대 시어머니에다…… 세상 부러울 거 없이 사는 거 같더니 그렇게 한순간에 끝장나는구나, 싶더라. 역시 사람 사는 모습은 뚜

껑을 열어봐야 아는 거야.

남의 애 임신한 마누라한테 왕창 위자료 줄 남자가 세상에 어디 있니? 그 남편이 아무리 잘난 척해도 겉으로만 그런 거지. 한국 남자들 중에 어디 뼛속까지 쿨한 남자 있든? 점점 배는 불러오는데 호정이 걔 요즘 고생이 말이 아니라더라. 대한민국에서 이혼이 얼마나 구질구질한데. 그러니까 즐기려면 조용히 즐기지. 바보처럼 왜 덜컥 임신은 했나 몰라. 애 하나 낳아서 키우는 데 돈이 또 얼마나 드니? 지가 무슨 세기의 발레리나도 아니잖아. 동네 무용단이나 왔다 갔다 하면서 어떻게 갓난 아기랑 둘이 입에 풀칠하고 산다니? 여태껏 사모님 소리 들으면서 써온 씀씀이가 있으니까 더 힘들 텐데 말야. 자존심 챙기는 건 좋은데 세상물정을 너무 모르긴 했어.

근데 하고많은 남자 중에 왜 하필 '고딩'이랑 그랬을까. 물론 아직 때가 덜 탔으니까 애가 좀 순수하긴 했겠지. 하지만 과연 둘이 서로 사랑하고 이해했을까? 그 나이 남자애가 끌렸던 건 호정이라는 인간 자체가 아니라 그저 '만질 수 있는 여자 몸'이었는지도 모르잖아. 혹여 애를 가지고 싶었다 해도 그래. 그 남자애가 무슨 '씨내리'나 정자은행쯤 되니? 한 생명은 엄마뿐 아니라 아빠도 같이 나눠야 할 책임이라고 봐, 나는. 또 거기서 남녀가 바뀌었다고 생각해 봐. 결혼생활이 권태로운 아저씨가 옆집 여고생과 교감을 나누고 성애에 눈뜨게 했다? 이건 완전 파렴치범이 따로 없잖아.

휴, 아무튼 〈바람난 가족〉의 호정이가 나랑 딱 이틀만 바꿔 살아봤다면 그런 결정은 안 했을 거야. 솔직히 '있는 애들' 이나 쿨한 거 아니니? 남편이랑 속궁합? '포인트' 가 사라져? 놀고 있네. 까놓고 말해서 걔 인생에 고민은 그게 다였잖아. 누구는 돈 벌랴, 살림하랴, 애 키우랴 정신이 하나도 없는데 말야. 누구는 뭐 바보천치라서 이러고 사는 줄 아나? 진짜 그냥 확 관둬버릴까 싶다가도, 또 꾸역꾸역 살아지는 게 인생인데 어떡하니. 그나저나 우리 시동생 결혼 어쩌면 좋니? 이번 달에 들어갈 돈이 얼마나 많은데. 어휴, 내 팔자야.

유리문

이 감동적인 인간 승리에 대해,
눈물 한 방울도 아깝게 느껴지는 것은 왜일까?

내가 뉴욕 JFK공항의 환승객 라운지에 감금(!)되었던 것은 서기 2000년 7월의 일이다. 미국을 방문할 의도는 맹세코 없었다. 다만 캐나다 벤쿠버까지 가는 직항 티켓을 구하지 못했고, 비행기의 경유지가 뉴욕이었을 따름이다. 그리고, 미국 비자를 소유하고 있지 않았을 뿐이다. 그때까지 나는 공항이란 이쪽도 저쪽도 아닌 경계라고 생각했다. 내키는 대로 어디로든 떠날 수 있는 그곳이 유목의 공간인 줄만 알았다. 이것이 얼마나 오만하며 순진한 착각이었는지는 곧 드러났다.

서울발 비행기에서 내리는 순간 나는 군청색 제복을 입은 공항 출입국 관리요원에게 인계되었다. 그들은 나를 TWOV(8시간 미만 경유자를 위한 한시적 미국 비자. 9 · 11 사건 이후 중단됨) 이용객이라고 불렀다. 벤쿠버행 비행기의 탑승수속이 시작될 때까지 반나절 동안 내 옆에는 관리요원이 그림자처럼 붙어 따라다녔다. 화장실을 갈 때도, 공중전화를 이용할 때도 그는 조용히 내 뒤를 따랐다. 내 움직임이 조금만 수상해 보이면 그의 눈빛은 날카롭게 빛났다. 유리문 밖의 세상은, '진짜 미국' 이었다. 아메리칸 드림? 내가 '드림'이라는 단어를 혐오한다는 사실은 전혀 중요하지 않았다. 그들에게 나는 호시탐탐 미국 입국의 기회를 노리는 제3세계 출신 '예비 밀입국자'일 뿐이었다.

〈터미널〉의 나보스키를 보면서, 잊고 있었던 JFK공항에서의 경험이 스멀스멀 되살아났다. 그리고 이내 확신할 수 있었다. 이 영화의 제작 관계자들은 한순간도 미 입국 비자 따위에 구차해져 본 적 없는 '선택받은' 사람들일 것이다. 굴욕과 수치라는 단어를 아예 모르는 이들일 것이다. 아무런 잘못도 하지 않은 한 인간이 돈도 없고 언어도 통하지 않는 곳에서, 24시간 CCTV로 감시를 받으며 생활하는 상황은 말 그대로 '비인간적'인 것이다. 보통 사람 같으면 어떻게든 탈출하기 위해 사력을 다했을 것이다.

그런데 이게 어찌된 일인가. 나보스키는 영혼이 파괴되어 급속도로 피폐해지기는커녕 오히려 그 기막힌 환경에 적극적으로 적응하고 성장한다. 나아가 따뜻한 인간애로 주변을 감화시키기까지 한다. 혹시 그의 고국 '크라코지아'는 천국의 다른 이름인가? 나보스키는, 하느님이 인간의 생존 한계 조건을 실험하기 위해 특별히 출장 내려보낸 천사인가? 어쨌거나 이런저런 샛길이 열려도 그는 도리도리 고개를 젓는다. 입국 허락의 도장과 입국거부의 도장 사이에 도사린 판별의 이데올로기적 허위성에는 관심조차 없이, 오직 기다리고 또 기다리는 방법을 택하는 것이다. 미국의 법과 아버지의 법 안에서, 그는 양순하고 성실한 맏아들이다. 참는 자에게 복이 있나니. 마침내 그의 '살아 있는' 양아버지 미합중국은 그에게 하루 동안의 특별 비자를 하사하였고, 나보스키는 '죽은' 친아버지의 평생소원을 풀어드리고야 말았다. 이 감동적인 인간 승리에 대해, 눈물 한 방울도 아깝게 느껴지는 것은 왜일까?

커밍아웃

모종의 은밀한 마음을 품는 경우가 왕왕 있다는 것만은 분명하다

〈내 여자친구를 소개합니다〉가 한 편의 길고 지루한 CF라는 사실은 새삼스럽지도 않다. 그런데 영화를 보고 있자니, 심히 의문스러워 뒷골이 지끈거릴 지경이다. 저렇게까지 해서 도대체 뭘 팔려는 거지? 떠먹는 요구르트? 롱 헤어 전용 샴푸? 아니면 혹시 여배우 전지현? 아아, 차라리 그랬으면 좋겠다. 하지만 모두모두 틀렸다. 이 영화의 주력 상품은 바로, '유니폼'이다. 그렇다. 〈여친소〉는 유사 이래 가장 거창한, 여경女警제복에 대한 한 편의 상업 광고다. '여경제복 페티시'를 가진 대한민국 및 중화권 성인 남성이 주요 소구대상이다.

건전하고 반듯한 양지의 세계만 지향해 오신 분들은 잘 모르겠지만, 혹은 모르는 척하고 싶겠지만, 세상에는 오만 가지 특이한 성적 취향이 존재한다. 그중 대표적인 것이 '제복 페티시즘'이다. (일부에서는 '변태'

라는 다소 논쟁의 여지가 있는 용어로 뭉뚱그려 지칭하기도 하지만 그 단어의 정치적 의미를 꼼꼼히 따지는 거야 내 권한 밖의 일이다.) 여고생의 세일러복에서부터 간호사의 하얀 원피스에 이르기까지 어떤 제복을 입은 여성을 통해 판타지와 자극을 맛보는지는 남성 개개인의 취향에 따라 제각각 다를 것이다. 어쨌든, 애국시민의 입장에서는 유감스럽고 불경스러운 일이지만, 민중의 지팡이 경찰복을 입은 여자에 대해서도 모종의 은밀한 마음을 품는 경우가 왕왕 있다는 것만은 분명하다.

그 여자, 이름부터 노골적인 '여경진'이다. 취미는 시시때때로 경찰 정복 입고 거리 배회하기, 수상해 보이는 사람 아무나 따라가기, 수갑 열쇠 잃어버리기, 담배 피우는 고등학생 죽도록 패기 등등이 있다. 무고한 시민을 범죄자로 몰아 훤한 대낮 파출소 안에서 폭력을 자행하고도, "내 사전엔 미안해, 라는 말은 없어. 그 말 듣고 싶으면 네가 미안해, 로 이름을 바꿔"라고 적반하장으로 나온다. 구경꾼 입장에서도 입술이 바짝 마른다. 아, 쟤가 미쳤나. 때가 어느 땐데. 저거저거, 소문나면 경찰청 인터넷사이트 마비될 텐데. 하지만 우려는 금물! 감색 제복 안에 아름다운 몸을 감춘 채 긴 머리칼을 휘날리는 우리의 전지현, 아니 여경진 양은 진짜 여경이 아니라 단지 여경 역할놀이 중일 따름이니. 상품을 돈 보이게 하기 위해서라면 그 어떤 황당하고 비현실적인 상황도 그럴듯하게 재현하는 것이 CF라는 장르의 규칙이다.

좌충우돌, 황당무계, 비련 모드를 숨 가쁘게 오가는 여경진의 캐릭터를 분석하는 일이란 처음부터 불가능했다. (CF에 캐릭터 있는 거 봤어?

물건만 많이 팔면 장땡이지.) 바지제복, 치마제복, 수사관의 트레이드마크인 가죽재킷, 심심하면 갈겨대는 권총까지 소품을 완벽하게 갖춘 채 이루어진 이 비싼 코스프레에 '제복 마니아'들은 얼마나 흐뭇했을까? 제 성적 기호를 골방에 꼭꼭 감춰야 했던 일부 페티시스트들의 욕망을 백일하에 공포해 주었다는 측면에서 어쩌면 〈여친소〉는 CF를 빙자한 '소수자의 인권'에 관한 영화였는지도 모를 일이다.

문학적인 것

두려움과 억압의 탈출구로서 문학을 택한 여자

소설가의 이미지는 어떤 걸까? 괴팍한 성격, 고립된 생활, 특이한 인상? 그러나 내가 봐온, '소설을 직업적으로 쓰는 사람들'은 대개 평범하고 상식적인 분위기를 가졌다. 어떤 이는 대기업 중견간부와 별다를 바 없어 보이며, 또 어떤 이는 수학을 가르치는 중학교 여교사처럼 보이고, 또 다른 이는 영락없이 동네 슈퍼마켓 주인아저씨로 착각할 만한 외양을 하고 있다. 마그마처럼 끓어오르는 내부의 정열을 주체 못하여 기인奇人의 일상을 사는 분들도 물론 계시겠지만, 그분들께서도 텍스트와 작가 사이의 거리만큼은 칼같이, 어쩌면 더욱 엄격히 유지하고 계시리라 믿는다. 작가의 입이 아니라, 화자의 몸으로 말하는 것이 소설인 까닭이다.

〈얼굴 없는 미녀〉의 지수도 소설을 쓰는 여자다. 일단 상당히 난해한

헤어스타일이 눈에 띈다. 일명 사자머리 파마. 생쥐 한 마리를 막 잡아 먹고 온 듯 입술에는 새빨간 립스틱을 발랐고, 가슴을 한껏 강조한 디자인의 원피스 역시 현란한 빨간색이다. 평범한 생활인이 아니라 '들려 있는' 예술가의 모습이다. (아쉽게도, 이렇게 패셔너블(?)한 소설가를 현실에서는 한 번도 못 봤다.) 현대 정신의학에서 경계선 장애라 명명한 증상을 앓고 있는 그 여자는 숨을 쉬듯 소설을 쓴다. 어디까지가 극중 소설의 서사이며, 어디까지가 최면상태에서 드러난 무의식인지, 혹은 의도적으로 꾸며낸 이야기인지 관객은 알지 못한다. 당사자 역시 잘 모를 것이다. 지수가 쓰는 소설은 시점이 불명확하고 이미지가 불투명하다. 문장은 어색하고 표현은 모호하다. 그 작품이 신춘문예에 출품되었다면, 대부분의 심사위원은 조용히 원고를 덮었을 것이다.

　소설가의 욕망과, 경계선 장애 환자의 욕망 사이에는 어떤 공통점이 있다. 자신의 꿈과 억압을 표현하기 위해 이야기를 지어낸다는 점이다. 이야기를 통해 그들은 자신의 억압의 기원과 공포를 드러내는 동시에 감춘다. 또는 왜곡하고 변형한다. 그렇지만 그 이야기를 변형하는 방식은 완전히 다르다. 소설가는 이야기를 미학적으로 변형한다. 그것에 미적 합리성을 부여하고, '세계'라는 대상과의 거리를 조정해야 하는 것이 소설가의 임무다. 지수의 글에는, 그 거리감이 부재한다. 심리적 작동이 있었다는 것만으로는, 미학적 평가의 대상으로 삼을 수 없다. 그렇기 때문에 그것은 (소설창작교실의 방식으로 말하자면) 현대소설이 아닌, 넋두리의 수준에 머문다.

그런데 문득 궁금해진다. 지수가 쓴 글이 문학의 텍스트가 아니라고 해서, 그가 글을 쓰는 행위 또한 문학이 아닌 것인가? 문학이란 무엇일까. 문학적인 글쓰기는 문학제도 너머에도 있는 것이 아닐까. 제도는 갇혀 있지만, '문학적인 것'은 어디에나 있다. 제 안의 두려움과 억압을 쏟아내는 방식으로 글쓰기를 택한 여자. 그 핏빛 진심이 너무 섬뜩해서 나는 그 여자가 참 아프다.

꿈

달라진 게 아무것도 없는 그녀

지니야, 안녕? 며칠 전, 우연히 네가 펼쳐놓은 일기장을 봤어. 〈S 다이어리〉라는 제목이 붙은 그 핑크색 표지의 노트 말이야. 내 친구들 중에서도 간혹, 색색의 볼펜을 동원하여 하루 일과를 꼬박꼬박 다이어리에 기록하는 애들이 있긴 하지만 너도 참 만만찮은 강적이더구나. 어쩌자고 그걸, 그렇게 '숙박 문제' 위주로 적어둘 생각을 했던 거니? 식도락 중심의 일기나 문화생활 중심의 일기도 나쁘지 않았을 텐데. 아니면 영국에 사는 브리짓 존스 언니의 일기처럼 그냥 너의 담담한 일상과 생활 속의 감정들을 솔직하게 써두었더라면, 훔쳐보는 사람 입장에선 읽는 맛이 훨씬 더 쏠쏠했을 텐데 말이야. 그러기엔 혹시 '그들과 보냈던 밤'이 네 무의식 속에서 어떤 억압과 압박으로 작동했던 건 아닌지 궁금하다.

남친과 '선'을 넘기는 하지만, 그러면서도 늘 '이거 내가 손해 보는 건데' 싶어 마음 깊은 곳에서 불안해하는 언니, 동생들. 우리 주위에 정말 많잖아. 어쩌면 그래서 너도 같이 먹은 음식보다, 같이 본 영화보다, 같이 잔 장소를 적어두고 싶었던 건지도 모르겠다. 옛 '남친들' 혹은 '여친들'에게 복수하겠다는 생각, 사실 누구나 할 수 있거든. 그런데 그들한테 보낸 네 청구 내역이 하필이면 성생활에 국한되어 있어서, 구경하는 언니 가슴이 찢어지더라. 상대에게 감정에 대한 보상을 요구할 수도 있고, 시간을 물어내라고 요구할 수도 있는 거잖니. 세상 어떤 남자들도 옛 여자한테 '횟수'를 기준 삼아 '돈'을 물어내라고 하지는 않을 텐데. 그런 피해의식은 없을 텐데. 어쩐지 좀 불공평하고 억울하지 않니?

또, 네가 청구서를 날린 시점이 애매하기는 했어. 아무리 실연의 상처가 커도 그렇지. 너, 신문도 안 보는 거야? 성매매 특별법이 발효된 게 언젠데, 이 와중에 '내가 공짜여서 사랑했니?'라고 직격탄을 날리면 어쩌자는 거야. 열애 중이거나 열애 경험이 있는 전국의 여성동지들은 네 의도와 달리 너한테 감정이입하기를 거부할지도 몰라. "아니, 지금 여자의 몸을 '화대花代'로 환원하자는 거야? 그런 거야?"라고 흥분할 가능성도 상당히 농후하다고 봐.

그런데, 지니야. 너보다 겨우 몇 살 더 먹은 이 언니는 네 복잡 미묘한 마음, 이해할 수 있을 것 같기도 하다. 돈 안 준다며 그 남자들 상대로 유치한 복수 행각 벌인 것, 사실 전부다 네 꿈이었지? 좌충우돌 얼간이 같은 소동을 통해서라도, 파란만장한 이십대를 떠나보내는 푸닥거리를 한바탕 거하게 하고 싶었을 거야. 꿈에서 깨어나 오래된 피아노 앞에 꾸부정하게 앉은 너는, 이제 홀로 서른 살을 맞이해야 하지. 혼자 견뎌가야 하는 길고 긴 시간들이 막막하고 많이 두렵겠다. 그러고 보니 스물아홉 살 여주인공들이 등장하는 영화들 숱하게 봐왔지만, 너처럼 시작과 끝이 달라진 게 아무것도 없는 애는 처음이네. 끔찍하게 지루한 현실처럼.

오디션

오디션을 통과한다는 것은 연기에 성공한다는 것이다

이와이 슌지의 영화를 썩 좋아한다고 말하진 못하겠다. 그러나 〈하나
와 앨리스〉의 이미지는 오래도록 가슴에 남아 있다.

소녀는 연기演技한다. 단짝친구를 위해 거짓 기억을 연기하고, 오디션
장의 심사위원들 앞에서 쭈뼛거리며 연기한다. 인생에서 가장 슬펐던
순간을 생각하며 눈물을 흘려보라는 심사위원의 요구에 소녀는 무표정
하게 대답한다. "없습니다. 죄송합니다." 소녀는 잊은 것일까? 바로 전
장면에서 그 아이는, 함께 살지 않는 아빠와 잠깐 만났다가 헤어졌다.
이별을 연기延期하려는 듯 "사랑해"라고 외치는 소녀에게 아빠는 "그럴
땐 '안녕'이라고 해야지"라고 교정해 주었다. 전철에서 내린 아빠는 손
목시계를 들여다보면서 바삐 플랫폼을 떠나지만, 떠나는 열차 안에 남
은 소녀는 차창 밖을 그저 오래도록 바라보았다. 심사위원은 다시 주문

한다. "재채기를 해보세요. 재채기를 한다고 상상하면 눈가가 젖어오지 않나요?" 소녀는 이마를 한껏 찡그리며 애써보지만 재채기는 쉽게 튀어나오지 않는다.

소녀의 연기演技는 아직 내면과 자의식을 품고 있지 않다. 아이는 모른다. 제가 지금 왜 이 오디션 장에 나와 앉아 있는지. 세상이 자신에게 무엇을 요구하는지. 자신이 세상에 무엇을 보여주어야 하는지. 열여섯, 열일곱. 그때는 누구나 그랬다. 내 욕망과 친구의 욕망을 분리시키지 못했고, 소중한 '하트 에이스' 카드가 두 개일 수 있다는 가능성도 알지 못했고, 내가 누구인지도 알지 못했다. 친구를 위해 '사랑'을 포기하면서 동시에 소녀는 자신의 기억을 찾는 여정을 통과했다. '아빠의 딸'로서의 유년 시절은, 되찾은 '하트 에이스' 카드와 함께 남자아이의 서랍 속에 밀봉되었다. 이제 소녀는 비밀을 가지게 된 것이다.

마지막 오디션 장에서, 소녀는 토슈즈 대신 종이컵을 테이프로 발에 칭칭 동여매고 춤춘다. 종이컵 속에 갇힌 그 열 개의 발가락들처럼 소녀는 공중을 향해 꼿꼿하게 떠올랐다 낙하한다. 아이가 생애 최초로 세계와 정면으로 마주한 몰아의 시간이다. 시계가 멈추고 소녀의 발레 독무가 영원히 계속될 것처럼 느껴진다. 그러나 끝나지 않는 순간은 없다. 어떤 아름다운 찰나도 결국은 지나가버리고 현실은 다시 이어진다. 잡동사니들이 아무렇게나 어질러진 집 안은 그대로이며, 일요일에 남자친구가 집에 오기로 했으니 자리를 피해달라는 엄마의 부탁을 받고 고개를 끄덕여야 한다. 오디션에 합격했다는 전화를 받은 다음 소녀는 홀로 목욕탕 욕조 속에 들어가 앉는다. 태아처럼 몸을 웅크린 채로 크게 재채기한다. 소녀는 비로소 눈물을 흘린 것일까?

사람들은 이것을 성장이라고 부를지도 모른다. 소녀 앨리스는, 앞으로 적어도 네 철학이 뭐냐고 묻는 아저씨에게 "철학이 뭔가요?"라고 순진하게 되묻지는 않을 것이다. 새까만 눈동자를 생기 있게 반짝이지도 않을 것이다. 오디션을 통과한다는 것은 연기에 성공한다는 것이다. 어른이 된다는 것은, 그런 것이다.

현실

풀리지 않는 궁금증 때문에 도저히 울 수가 없다

첫사랑과 결혼해 평생 행복하게 해로하다 한날한시에 죽는다? 영화 〈노트북〉은 이런 낭만적 사랑의 환상이 '현실에 있다'고 말하는 영화다. 때는 1940년대의 한여름 밤. 시골 청년 노아는 예쁜 소녀 앨리를 보고 말 그대로 첫눈에 반한다. 얼마나 '뿅 갔느냐' 하면, 그 여자가 다른 남자와 데이트 중임에도 불구하고 전혀 거리낌 없이 작업을 걸 정도다. 겁이 없다고 해야 할지 엽기적이라고 해야 할지 모르겠다. 그런데 이 남자, 아무래도 스포츠신문의 여자 심리 공략법 따위를 너무 열심히 읽었나 보다. '여자의 NO는 YES의 다른 표현이다'라는 조언을 금과옥조처럼 가슴에 품고 있지 않다면, 어떻게 공중에 매달려 돌아가는 놀이기구에 덥석 뛰어오를 생각을 했겠는가. "안 만나주면 떨어져 죽는다." 오 마이 갓. 앨리는 노아의 열정적인 구애에 마음을 열고 둘은 곧 뜨거운 사랑에 빠진다.

이 젊은 연인의 티 없이 순수한 사랑을 갈라놓은 것은, '돈'이다. 더 적나라하게 말하자면, 앨리는 부자인 아버지를 가졌고 노아는 그렇지 않다. 앨리의 부모는 한 시간에 40센트를 버는 벌목공을 제 딸의 남자친구로 인정하지 않는다. 노아가 일 년간 매일 써보낸 365통의 편지가 중간에서 사라지는 등등의 우여곡절 끝에 둘은 변치 않은 사랑을 확인하고, '사랑의 완성'이라고 일컬어지는 결혼에 성공한다. 그리고, 그다음에, 그들은 어떻게 되었을까?

오십여 년 뒤, 할머니가 된 앨리는 치매에 걸려 그 절절했던 사랑의 기억마저 잃어버렸고, 노아는 망각의 기억을 되살리기 위해 정성껏 노력하고 있다. 앨리가 기억을 되찾아 노아의 얼굴을 알아볼 것인가! 노부부가 손을 맞잡고 나란히 누운 마지막 장면, 극장 안의 관객들이 흘리는 눈물, 콧물 소리가 귓전을 에인다.

그러나 나는 풀리지 않는 궁금증 때문에 도저히 그들을 따라 울 수가 없다. 아아, 역시 문제는 그놈의 '현실'이다. 실화를 바탕으로 했다는 영화 광고를 보니 의문은 더욱 증폭된다. 노부부가 머무는 호숫가의 요양원은 언뜻 봐도 한 달 입원비가 만만찮을 만한 고급시설이고, 곱게 늙은 노부부에게서는 궁핍의 흔적을 찾아보기 어렵다. 대체 어떻게 된 걸까. 배운 것 없고 가진 것 없는 저 남자는 대체 무엇으로 가족을 부양하고 자식들을 번듯하게 키웠단 말인가.

그들의 재산이라곤 손수 지어올린 이층집이 전부였는데, 그동안 그

동네 부동산 가격이 폭등이라도 한 걸까? 아니면 손에 물 한 방울 안 묻히고 부잣집 영양으로 자라온 앨리가 대박 피아노학원이라도 차렸던 걸까? 뜬금없이, 60년대의 한국영화 〈맨발의 청춘〉이 떠오른다. 비극적 죽음으로써, 봉합되지 못할 계급적 현실의 차이를 역설한 두수와 요안나 커플. 내게는 그들이 노아와 앨리 커플보다 열 배는 더 '실화'에 가까운 진짜 청춘영화의 주인공처럼 느껴진다.

이방인

나와 다른 '너'를 이해하고 받아들이고 껴안는 것이 성탄절의 작은 윤리임을

성탄절엔 성탄절다운 영화를 봐줘야 한다. 몇 해 전에 우연히 보았으나 성탄절이 다가오면 곧잘 떠오르는 영화가 〈엘프〉다.

"♬♬ 산타 할아버지는 알고 계신대. 누가 착한 앤지 나쁜 앤지. 오늘 밤에 다녀가신대. ♬♬" 에이, '뻥치지' 말라고? 산타가 없다는 건 이미 여섯 살 때 알았다고? 크리스마스 선물이나 산타클로스 따위는 천박한 상업주의의 부산물일 뿐이라고? 그래, 나도 안다. 12월 25일 아침 머리맡에 간절히 바라던 인형놀이세트 대신 엉뚱한 학용품이 놓여 있어 절망하던 기억. 산타할아버지가 남긴 카드에서 아빠의 필적을 발견하곤 단숨에 세상의 비밀을 이해하게 되었던 기억. 그것을 도시 중산층 가정 출신 어린이의, 성탄절에 얽힌 보편적인 추억이라고 불러도 될지 모르겠다.

그 아이는 곧 무럭무럭 자라나서, 크리스마스이브에 눈이 내린다는 일기예보에 경악하는 어른이 되었다. "에이 씨, 안 그래도 차 막힐 텐데 눈까지 오면 어쩌자는 거야? 동네 강아지들조차 둘씩 짝 맞춰 눈 속을 팔짝팔짝 뛰어다닐 텐데 아주 작정하고 염장 한번 질러보겠다는 거야? 그런 거야?" 이 냉소적인 투덜거림에 대하여 우리의 주인공 버디는 천진난만하게 대꾸할 것이다. "히힛, 누나. 그래도 메리 크리스마스!"

그는 서른 살. 신장 190cm의 건장한 남자다. 본래 그는 인간세상에서 태어났다. 그러나 갓난아이 시절, 고아원을 방문한 산타할아버지의 짐꾸러미 속에 기어 들어갔다가 그만 산타의 마을까지 딸려오고 만다. 그 동화 같은 공간에서 착한 엘프(산타를 돕는 요정)들 손에 키워진 남자. 그는 인간일까, 요정일까? 딩동댕! 그렇다. 그는 다만 이방인이다.

북극에서도, 뉴욕에서도, 그는 홀로 다른 모습을 하고 있다. 북극에서는 앙증맞은 몸피와 재빠른 손놀림을 가진 동료 엘프들보다 두 배나 커다란 체구와 둔한 손재주 때문에 매순간 정체성의 혼란을 느낀다. 마침내 자신처럼 '사람을 아버지로 둔 사람들'이 모여 사는 뉴욕에 왔지만 백설공주를 수행하는 난쟁이 같은 복장으로 스파게티에 초콜릿을 부어 먹는 버디는 여전히 희한한 몰골의 '타자'일 뿐이다.

육체적으로는 완벽한 아저씨지만 속세의 기준에서 볼 때 그의 영혼은 미성숙한 어린아이에 가깝다. 그는 '착한 아이'인 이복동생에게나 '나쁜 어른'인 아버지에게나 골고루 친절하며 제 사랑을 아낌없이 베푼다. 그러고 보면 우리는 늘 무언가를 구분해 왔다. 선과 악, 어른과 아이, 성숙과 미성숙. 단무지 같은 노란색 쫄쫄이 바지를 입은 인간요정 버디는, 남과 다른 '너'를 이해하고 받아들이고 껴안는 것이 성탄절의 작은 윤리 임을 수다스럽게 전파한다. 유치하고 전형적일지라도 오늘만은 왠지 그 전언에 귀 기울이고 싶어진다. 그 정도는 용서되는, 오늘은 일 년에 딱 하루, 크리스마스이브니까 말이다.

매력남

소피여, 무대가리 허수아비를 사랑하라

결핍이 있는 매력남은 여자의 보호본능을 자극한다. 그래서일까. 위험한 남자에게 유독 끌리는 여자들이 있다. 즉 어떤 여자들은, '뭔가 비밀이 많으며, 하는 일이 베일에 쌓여 있고, 과거 여자관계가 복잡하다는 암시를 풍기며, 헤어스타일에 지나치게 집착하고, 난장판인 집 안을 절대로 청소하지 않는' 부류의 남자를 좋아한다. 소피의 경우 솔직히 이해가 안 되는 건 아니다. 마법사 하울은 보기 드문 미청년이 아닌가. 더욱이 소피는 아줌마들만 득시글거리는 모자가게에 콕 틀어박혀 살던 소녀였다. 위험에 처한 순간에 흑기사처럼 등장해 자신을 구해내고는 하늘을 날아오르는 멋진 경험까지 맛보게 해준 젊은 꽃미남에게 마음을 뺏겨버린 건 어찌 보면 당연하다. (더구나 그 남자, 하늘을 나는 내내 소피의 두 손을 꼭 잡고 놓지 않았다!)

마법에 걸려 졸지에 파파할머니로 변한 소피는 마법을 풀기 위해 산 넘고 물 건너 하울의 집을 찾아간다. 그러나 막상 그를 마주 대하고는 자신이 그때 그 소녀였다는 말조차 하지 못하고 생뚱맞게 무보수 가정부로 들어앉는다. 허리도 잘 펴지 못하는 몸으로 계단을 오르내리며 먼지투성이 실내를 반들반들 윤이 나게 닦고, 시장을 보고, 아궁이의 불을 꺼뜨리지 않는다. '왜 내가 이걸 해야 하지?' 라는 불경한 의문 따위는 품지 않은 채 〈하울의 움직이는 성〉의 모든 재생산 노동을 수고로이 전담하는 것이다. 물론 사랑하는 사람을 위해 행하는 가사노동의 고귀한 가치를 폄하하려는 건 결코 아니다. 하지만 기껏 힘들게 욕실 청소를 해 줬더니 뭘 잘못 건드렸냐며 도리어 팔팔 뛰는 남자를 위해서라면, 일방적인 희생은 애저녁에 관두는 게 낫다는 게 내 견해다. 살면서 억장 무너질 일, 부지기수일 테니.

'밖에서 힘들게 싸우고 들어오는 남자—집안일을 하면서 남자를 기다리는 여자—능청맞지만 귀여운 사내아이—치매할머니—애완견' 으로 이루어진 하울 성의 구성원들은 그럴싸한 '유사 가족' 이다. 움직이는 성은 일견 이주와 유목의 상상력의 산물인 듯 보이지만 사실 그 안의 사람들은 기능적 성역할 분담에 충실한, 이를테면 퍽 농경적인 방식으로 살아가고 있다. 이제 소피는 하울의 연인일 뿐 아니라 '엄마' 로서의 임무까지 맡아, 하해와 같이 무한한 사랑으로 그를 지켜주어야 한다. 나아가 그 뜨거운 사랑으로 세상을 감읍시켜 전쟁을 멈추게 하고 인류의 평화에 이바지해야 한다. 아, 그러니 소녀는 위험한 남자 하울을 사랑한 순간 그를 구원했을뿐더러 '사랑과 돌봄의 윤리'로 전 세계를 구원한 것이다. 혹시라도 이런 거대한 이상을 품고서, 불우한 눈빛을 가진 남자에게 접근하는 제2의 소피가 현실에 있다면? 미안하지만 나는 일단 뜯어 말리고 보겠다. 차라리 그 대신, 비가 오나 바람이 부나 변함없이 소피 곁을 지켜주고 묵묵히 궂은일을 해결해준 무대가리 허수아비에게 한 표를 던지련다.

운명남

남자아이들은 포르노를 통해, 여자아이들은 로맨스 소설을 통해
성性의식을 내면화한다

소녀는 운명의 남자를 기다린다. 그리고 마침내 나타난 운명의 그이
를 위해 자신의 '모든 것'을 바치기로 결심한다. 얼씨구, 아무래도 하이
틴로맨스 소설을 너무 열심히 읽었나 보다. (하이틴로맨스 혹은 할리퀸
로맨스에 대해 모르시는 분들을 위해 간단히 요약정리해 드리겠다. 어리고
착하고 예쁜 '처녀' 여주인공이 멋지고 성격 나쁜 '바람둥이' 남주인공을
만나 엎치락뒤치락하다가 결국 운명적 상대임을 확인하는 과정을 그리고
있는 그것은, 침실 장면을 적나라하되 뽀샤시하고 로맨틱하게 처리함으로
써 현실에 지친 소녀들의 낭만적 사랑에의 욕구와 성적 환상을 동시에 충
족시켜 주던, 10대 여성을 위한 성교육 교본이다. '운명적 상대'와 '침실
장면'과 '소녀들'에 밑줄 좍!)

혹자는 일찍이 이런 명언을 남겼다. "남자아이들은 포르노를 통해, 여

자아이들은 로맨스 소설을 통해 성性의식을 내면화한다." 그래서일까? 〈몽정기〉의 소년 동현과 〈몽정기 2〉의 소녀 성은은, 서로 다른 별나라에서 온 인종들처럼 성에 대해 상이한 태도를 가진다. 교생선생과 '하룻밤'을 보낼 묘안을 짜내는 것이 이들 앞에 떨어진 절체절명의 과제라는 것 말고는, 동현과 성은의 욕망은 닮은 데가 없다. 소년이 틈만 나면 '딱딱해지는 그것'을 해결하기 위해 온몸으로 꿈을 꾸었다면, 소녀는 남자의 '그것을 딱딱하게' 만들어 사랑을 확인하기 위해 애를 태우는 것이다.

〈몽정기 2〉의 여주인공 오성은 양은 성에 대해 아무것도 모르는 순진 무구한 소녀다. 그런 성은이 밋밋한 가슴에 '뽕브라'를 하고, 샤워기와 오이를 도구 삼아 비장한 예행 예습에 돌입하는 것은, 정말로 그것이 하고 싶어서가 아니다. 천진난만한 아이일 뿐이므로 성은은 제 몸이 욕망하는 쾌락에는 아무 관심이 없다. 남자들이 여자의 어떤 모습에 섹시함을 느끼느냐고 또래 남학생에게 자문을 구하는 장면은 그래서 의미심장하다. 소녀는, 자신이 남자의 성적 충동을 유발하는 바로 그 대상이 되기를 갈망한다. 신음 소리를 내고 치마를 걷어올리면서 이 조그만 여자 아이는 남성적 시선의 섹시한 피사체로 스스로를 내면화한다.

자, 이제 상황을 정리해보자. 초경도 시작하지 않은, 교복 입은 예쁜 소녀가 있다. 그 소녀가 심지어 자발적으로 치마를 걷어올리기 위해 안달이다. 왜? 아저씨를 사랑하니까. 처음이니까 아프겠지만 사랑으로 꾹 참겠다는 이 아이는 대체 누구의 몽정으로 빚어낸 자동인형인가. 친절하게도 영화는 자상한 에피소드를 첨부하여 의문을 한 방에 해결해준다. 그럼, 그렇지. 이토록 징글징글한 롤리타콤플렉스의 주체는 성기노출증 환자, 일명 '바바리맨' 이었다. 소녀는 운명의 남자를 기다린다. 그러나 출몰하는 것은 바바리맨뿐이다. 슬프고 끔찍한 현실이다.

실무자

운명을 스스로 결정하지 못했다고 믿는 자는
간절히 기도를 올리면서 또 한 손으로는 제 이마에 권총을 겨눈다

역사는 실무자를 기억하지 않는다. 그러니까 보통 '과장' 쯤의 직급을 달고 있는 중간관리자들 말이다. 위에서 시키면 군소리 없이 해야 할뿐더러 동시에 아래를 다그쳐야 한다는 데 그들의 비애가 가로놓여 있다. 보스는 그저 비장하게 명령하고 폼 나게 총을 뽑으면 그만이지만, 지저분한 '설거지'는 고스란히 실무자의 몫으로 남겨진다.

그런데 실무자는 로봇이 아니다. 사람이다. 일 년에 단 하루도 쉬지 못한 채 격무에 시달리는 제 신세에 화가 나고, 애초에 기대한 '공공의' 그것이 아닌 지극히 '사사로운' 업무내용에 짜증스럽다. 사는 게 권태롭다는 듯 언제나 살짝 이맛살을 찌푸리고 다니는 샐러리맨. "아우 귀찮아. 인생 뭐 있냐"라고 잠꼬대할 것 같은, 〈그때 그 사람들〉의 주 과장은 그런 인간이다.

1979년 10월 26일, 그 깊은 가을 밤. 그는 일생 최대의 소동에 휘말린다. 직속상관이 모종의 결심을 했다. 이유를 캐물을 새도 없다. 사회생활 하다 보면 어떤 줄에 서 있느냐가 운명을 결정하는 순간이 있고, 사실 그것은 그리 드문 경우도 아니다. 하긴 결정적 순간에 줄을 이탈해 도망가느니, 까짓 거 일단 끝까지 가보는 편이 훨씬 쉽고 현실적인 선택일 것이다.

어쩌면 그는 상황을 단순하게 생각하려 애썼을지도 모른다. 제 손으로 직접 친구를 쏴 죽이게 될 줄은 차마 몰랐을 확률이 높다. 정책을 결정하거나 거사를 도모하거나 다음 세대를 염려하는 것은 어차피 실무자의 의무가 아니므로. 그의 임무는 다만 시체들의 확인사살을 지시하는 것, 공포에 떠는 목격자들을 집에 데려다주고 입단속을 시키는 것, 그 와중에도 잊지 않고 연회의 대가인 돈 봉투를 챙겨 피 묻은 손으로 건네는 것이다. 그런 의미에서 그는 본인이야 지긋지긋하든 말든 뼛속까지 책임에 충실한 실무자의 전형이다.

불행히도, 거사는 실패한다. 그리고 그는 움직일 방향을 처음으로 혼자 결정해야 한다. 광화문의 새벽 도로는 파리새끼 한 마리 없이 텅 비어 있다. 그의 자동차는 어디로든 갈 수 있다. 그러나 그는 어디로도 가지 못한다. 그 넓은 길을 이리 빙글 저리 빙글, 돌고 또 돌 뿐이다. 미로 혹은 미궁은 멀리 있는 것이 아니다. 뻥 뚫린 대로를 헤매 도는 자동차를 카메라는 높은 곳에서 멀뚱멀뚱 내려다본다. 운명을 스스로 결정하지 못했다고 믿는 자는 하느님에게 간절히 기도를 올리면서 또 한 손으로는 제 이마에 권총을 겨눌 수밖에 없다. 물론 대개의 나약한 인간이 그렇듯 그도 도저히 방아쇠를 당기지는 못한다. 운명은 그렇게 또 한 번 자기통제의 과녁을 비껴간다.

모든 역사는 살아남은 자의 역사다. 역사는 영웅 대 반영웅의 구도로 사건을 기록한다. 세상이 바뀌어 역사의 해석이 뒤집힌다 해도 마찬가지다. 역사는 실무자를 기억하지 않는다. 영웅도 반영웅도 아닌, 가해자도 피해자도 아닌 '그때 그 사람들'의 실존은 시간의 갈피에 납작하게 엎드린 채 조용히 잊혀져간다.

노처녀

소주 한 병만 시켜놓으면 몇 시간이고 쿵짝을 맞추어
신나게 떠들 수 있을 것 같은 그 여자

영화 속 주인공을 보면서 '아, 쟤랑 친구 먹고 싶다'는 생각을 하게 되는 것은 흔한 일이 아니다. 한국영화의 여주인공들을 한 줄로 쭉 늘어놓고 보자면 더욱 그렇다. 그들은 대개 지나치게 청순하고 해맑아서 내숭으로 느껴지거나, 속세의 때가 하나도 안 묻은 듯 대책 없이 명랑발랄순수해서 가까이하기에 왠지 부담스럽다.

〈여선생 vs 여제자〉의 여선생 미옥은, 친구 삼으면 딱 좋을 듯한 여자다. 소주 한 병만 시켜놓으면 몇 시간이고 쿵짝을 맞추어 신나게 떠들 수 있을 것 같다. 내가, 어렸을 때는 인생이 이렇게 재미없을 줄 몰랐다고 한탄하면 미옥은 좔좔좔 수다보따리를 풀어놓을 것이다. "야, 말도 마라. 나만큼 재미없겠냐. 요즘 애들은 얼마나 싸가지가 없는지 아주 어른 머리 꼭대기에 올라앉아서 갖고 논다. 우리 반에 고미남이라는 애는

144

내가 몇 번 야단쳤더니 제 딴에는 복수하겠다고, 글쎄, 노처녀라는 시를 써서 수업시간에 읊어대더라니까. 밤마다 허벅지를 바늘로 찌른다, 그 이름은 노처녀! 담임선생님! 그것도 장학사가 참관 나왔는데. 아, 진짜 돌아버려. 내 인생 왜 이렇게 꼬이는 거니."

미옥을 위로해 줄 말은 많다. 일단 여교사는 대외적으로 호감 일순위의 신붓감이라는 것. 게다가 그는 키 크고 날씬하며 썩 괜찮은 외모를 가졌다. 접촉사고를 당한 경찰관이 전화번호를 궁금해하고 천하의 '선생 김봉두' 씨도 첫눈에 혹해 관심을 보일 정도이니 뭐 그만하면 객관적으로 검증된 미모라고 본다. 안정된 직업에, 멀쩡한 인물. 마음만 먹으면 지역사회의 노총각들을 팬클럽으로 거느릴 수 있을 만한 조건인지도 모른다.

그런데, 이상하다. 영화 속에서 여미옥, 즉 여교사는 '남자에 목숨 건 별 볼일 없는 노처녀'로 묘사된다. 비단 미옥뿐 아니다. 〈어린 신부〉를 필두로 〈몽정기 2〉와 〈여선생 vs 여제자〉까지, 소녀들 눈높이에서 바라본 비혼非婚의 여교사는 모두 비슷비슷하다. 예민하고 신경질적이며 연하의 남자 교사 앞에 맥을 못 추는 노처녀. 그들은 아이들 앞에서는 마녀이지만 남자 앞에서는 내숭 원단으로 돌변하고, 소녀와 멋진 총각선생님과의 로맨스에 방해꾼 노릇을 한다. 그리고 '노처녀 히스테리'라는 오래된 '병명'으로 정의된다.

이른바 결혼적령기가 넘도록 결혼을 하지 않은 여자는 보나마나 성격에 문제가 있을 거라는 발상이나, 결혼에 대한 강박으로 점점 심성이 삐

뚫어져가고 있을 거라는 추측은 시대착오적이고 폭력적이다. 왜 영화는 학생들의 시선을 빌려 그들을 어수룩한 마녀로 재현하는가? '올드미스 여교사'는 가족주의라는 울트라초강력 지배 이데올로기와, 10대 소녀의 로맨스라는 또 하나의 뉴파워 이데올로기 양쪽 모두에게 눈엣가시 같은 존재이기 때문이다. 그러니까 한마디로, 전 사회적으로, 놀려먹기 만만한 대상이기 때문이다!

욕망

야성의 섬 할매들, 맥없이 축 늘어져 있던 도시 처자의 가슴에 불을 댕기다

마파도의 주인 할매들, 정말 대~단한 카리스마를 뽐낸다. 서울에서 잘난 척깨나 하던 뺀질이 비리 형사와, 한여름에도 가죽재킷 차림으로 '가오' 잡기에 여념 없는 날건달도 이 할매들 앞에서는 반항 한번 제대로 못하고 꼼짝없이 무임금 머슴으로 복무할 정도다. 지금껏 한국영화 속에 (가뭄에 콩 나듯) 등장했던 '할머니들'이 어떤 방식으로 재현되어 왔는지를 떠올려 보니 이 마파도 할매들의 엽기성이 더욱 선명히 도드라진다.

그동안 영화에서 늙은 여자는 대개 주인공의 할머니거나 잘해봐야 어머니 역할을 맡았을 뿐이다. 영화 밖의 현실에서도 그렇다. 55세 이상 나이든 여성의 삶에 관심을 드리우는 시선이 대체 존재하기나 하던가? 나이든 여성들은 욕망의 주체는커녕 욕망의 대상조차 되어보지 못했다.

판에 끼워주기만 한다면 그림자나 배경으로도 감지덕지해야 했다. 두어
해 전, 온 국민을 눈물바다에 빠트렸던 〈집으로...〉의 외할머니처럼 아주
가끔 영화의 중심에 서기도 했지만 그런 경우에도 '할머니'의 캐릭터는,
캐릭터라 이름 붙이기도 민망할 만큼 뻔하고 단선적이었다. 성모 마리
아도 울고 갈 듯한 완전무결한 모성으로 손자를 위해 가없는 희생을 베
푸는 할머니. 주고 싶어도 줄 것이 없어야 더 애처로워 보이기 때문일
까, 가난한 할머니는 다 무너져가는 오두막에 기거했으며 허리가 굽었
을뿐더러 하필이면 청각장애인이어서 철없는 손자 녀석이 싸가지 없이
굴어도 안절부절할 뿐 마음껏 호통 한번 치지 못했다. 그들은 입이 있어
도 '말하지 못하는' 타자들이었다.

그러나 바다 한가운데 사는 〈마파도〉 할매들은 달라도 한참 다르다.
이들은 갓 잡아 올린 숭어처럼 팔딱팔딱 뛰는 욕망의 소유자들이다. 첫
날, 식사를 마친 건달 재철이 고맙다는 말 대신 건넨 만 원짜리를 회장
할매가 슬그머니 받아 챙겼을 때부터 알아봤어야 했다. 걸쭉한 육담과
욕지거리를 거침없이 쏟아낼뿐더러 기회만 나면 총각들 엉덩이를 까보
고 싶어 환장하는 이 할매들은 지독하게 세속적이고 지독하게 천진난만
하다. 즐겁게 노동하고 즐겁게 먹으며 깔깔깔 즐겁게 웃는다. 육지에서
는 제법 '있어 보이던' 남성성의 대표선수 형사와 건달이, 이 무대뽀 할
매들 앞에서는 한낱 '귀여운 아그들'로 전락하고 말 때 기존의 성별 위
계질서와 힘의 등급은 스리슬쩍 전복되고 마는 것이다.

마파도는 육지 남자들의 침입으로 인해 한바탕 소동을 겪지만 결국

파괴되지 않는다. 할매들의 원초적 생명력을 자본(로또복권)과 공권력의 침탈 따위로는 꺾을 수 없는 것처럼. 나이에 상관없이 한 개인을 자기 삶의 당당한 주인공이도록 하는 원동력은, 늙어도 늙지 않는 생생한 욕망과 최소한의 자기 생산력일 것이다. 욕쟁이 진안댁의 말대로 인생이 신발 밑창에 눌어붙은 껌 딱지 같은 것일지라도 사람과 자연과 술과 환각이 어우러진 해방의 밤을 그토록 멋지게 즐길 수만 있다면, 욕망하며 노동하며, 어쨌거나 열심히 늙어가는 것도 나쁘지 않겠다. 야성의 섬 할매들이 오늘, 맥없이 축 늘어져 있던 도시 처자의 가슴에 불을 댕겼다.

조약돌

얼음처럼 시린 눈동자로, 소년은 사막을 건너간다

　　열두 살은 지독하게 무기력한 나이다. 생활비가 떨어져간다는 계산은
할 수 있지만, 편의점 아르바이트를 하기에는 너무 어리다. 〈아무도 모
른다〉의 엄마는 열두 살 소년에게 동생들을 부탁했다. "나, 사랑하는 사
람이 생겼어. …… 행복해지고 싶어"라고 살짝 고백하는 엄마는 철없는
여자아이처럼 보인다. 그 대책 없이 낙관적인 여자는 아마도, 의젓한 큰
아들 아키라를 정말로 믿었을 것이다. 믿고 싶었을 것이다. 소년은 엄마
를 원망하지 않는다. 기다리지도 않는다. 헛된 희망으로 부풀어 오르는
대신 소년은, 엄마의 글씨체를 위조하여 동생들 하나하나의 이름이 적
힌 세뱃돈 봉투를 만든다. 가장 '덜 상처받는 방법'을 아이는 본능적으
로 터득했다.

　　생존은 유희가 아니다. 돈은 곧 바닥나고 머리칼은 덥수룩이 자란다.

옷과 운동화가 해지고 전기와 수도가 차례로 끊긴다. 무참하게도, 인간은 먹지 않으면 살 수 없는 존재가 아닌가. 동생들이 맑고 어린 짐승처럼 웅크리고 있는 집을 빠져나와 아키라는 긴 계단을 뛰어 오른다. 마실물을 받기 위해, 유효기간이 지난 도시락을 얻기 위해, 동생들을 부양하기 위해 어떻게든 해야 한다. 겨울이 지나고 봄이 오고 꽃잎이 흩날린다. 비루한 양식이 담긴 하늘색 플라스틱 양동이를 내팽개치고 소년은 어디로든 도망쳐버릴 수도 있었을 것이다. 여윈 어깨에 얹힌 '집'을 그만 내려놓고 싶었을 것이다. 하지만 그는 그렇게 하지 않는다. 그 길고 긴 계단을 한 발 한 발 밟고 내려와 굴 속 같은 작은 집으로 묵묵히 되돌아갈 뿐이다.

엄마가 다른 남자의 성姓을 사용하고 있다는 걸 알고는 어렵게 연결된 전화를 그냥 끊어버려야 했을 때에도, 친구들에게서 "쟤네 집에서는 쓰레기 냄새가 나"라는 말을 들었을 때에도, 생애 처음으로 어린이 야구 단복을 입고 배트를 휘두르게 된 행운의 순간에도 아키라의 표정에는 변함이 없다. 차갑게 굳은 막내 동생을 분홍색 트렁크 속에 구겨넣으면서도, 소년은 울지 않는다. 언젠가 엄마는, 아키라의 친아빠가 공항에서 일하고 있다고 말했었다. 트렁크를 밀고서야 소년은 모노레일을 타고 그곳으로 간다. 비행기가 뜨고 내리는 근처의 땅을 파 동생을 묻고 봉곳한 봉분을 만드는 동안 소년은 무슨 생각을 했을까? 그 소박한 관 위에 흙을 덮는 소년의 손가락이 오래도록 가늘게 떨리는 것을 차마 나는 똑바로 쳐다보지 못했다.

아침은 습관처럼 밝아온다. 공중에서 비행기 소리가 들리자 아키라는 멍하니 하늘을 올려다본다. 온통 땀에 젖은 목덜미가 어느새 굵어져 있다. 견디면서 자란 아이는 단단한 조약돌이 된다. 마음으로부터 녹아내린 검은 호수를 흘러가는 별. 아무도 다가가려 하지 않는, 이상한 냄새를 풍기는 보석. 얼음처럼 시린 눈동자로, 소년은 사막을 건너간다.

인권

아빠의 영혼을 구원하기 위해 나쁜 어린이가 된 소년

어린이는, 천사인가? 때 묻지 않은 영혼이며 순진무구의 표상? 이 세상 더러움에 행여 물들까 어린 자녀 양육에 노심초사 올인하는 전국의 부모님들, 기억 한번 더듬어보시라. 먼 옛날 얘기도 아니다. 기껏해야 2, 30년 전, 당신은 어떤 어린이였는가? 때 묻지 않은 영혼? 순진무구의 표상? 오호, 정말 그러셨는가? 물론 기억만큼 왜곡이 쉽고 빈번한 영역도 없을 테니, 당신은 이렇게 대답할지도 모른다. "옛날 그 시절의 아이들은 얼마나 순수하고 착했는지. 거기 비하면 요즘 애들이 되바라지고 발랑 까지긴 했어. 다 삭막하게 변해버린 세상 탓이야. 하지만 대부분의 아이들은 여전히 맑고 순수하지." 아, 예. 그게 사실이라면 당신은 아마도 본인과는 상당히 멀리 떨어진 행성에서 '국민학교'를 졸업하셨나 보다. 참고로, 서울 변두리에 위치한 내 모교는, 일명 콩나물 교실에 삼학

년까지 2부제 수업을 실시하던, 80년대 당시 기준에서 몹시 평범한 공립학교였다.

그 시절 우리는 다 친구였다고? 아이들 몇 명이 모이면 자연스레 패가 갈리던 것, 잊으셨나 보다. 왕따라는 단어가 없었다고 해서 모두의 은근한 따돌림의 대상이던 아이가 없었던 건 아니다. 교실은 사회의 축소판 같았다. 나름대로의 권력욕과 배신, 음모와 질투도 분명히 실재했다. 몸이 작아도, 어린이는 들끓는 욕망을 가진 인간들이다. 우리는, 어른들은, 그걸 자꾸만 까먹는다. 혹시 일부러 그러는 건 아닐까 의심스러울 만큼. 그동안 수많은 영화와 드라마에 등장했던 어린이들은 순백색의 내면세계를 지닌 거의 완벽하게 무욕적인 존재로 묘사되곤 했다.

〈파송송 계란탁〉의 아홉 살 소년 인권이를 처음 보았을 때 그래서 나는 상당히 충격을 받았다. 아니, 아름다운 동심에 관한 한 무균청정지대인 줄만 알았던 가족영화 속에, 저렇게 싸가지 없는 '애새끼'도 있단 말이지? 녀석은 마치 꼬마악마 같았다. 처음 보는 아저씨에게 반말 틱틱, 다짜고짜 아빠라고 부르며 유들유들하게 눌어붙는 자태가 가히 예술이었다. 불법음반 제조업계에서 일하는 아빠에게 "내가 원하는 거 안 해주면, 아빠 하는 일 확 신고해 버린다"고 할 때는, 인권이가 〈순풍산부인과〉 미달이의 초특급 카리스마를 압도하는 새로운 아동영웅으로 우뚝 서리라 믿어 의심치 않았다.

하지만 예상은 완전히 빗나갔다. 어린이 캐릭터들을 현실과 달리 무조건 착하고 순수한 이미지로 포장하는 것이 '위선'이라면, 인권은 '위악'의 캐릭터라 할 수 있다. 즉 그는 원래는 착하고 순수한 어린이지만, 일부러 싸가지 없음을 가장했던 것이다. 왜? 세상의 온갖 먼지를 뒤집어 쓴 '아빠'의 영혼을 구원하기 위해. 무책임하고 이기적인 어른들로 하여 금 정말로 소중한 것이 무엇인지 깨닫게 하기 위해. 그래서 그는 제 한 몸 장렬히 희생해 죽어가야 하는 거다. 제 과거를 망각한, 어른들의 '맑은 동심 콤플렉스'는 대체 어디까지 갈는지. 죽어가면서도 국토종단의 의지를 포기하지 못하는 인권이의 인권을 보호하라!

길

그들도 우리처럼 갈 길을 간다

〈댄서의 순정〉은, 문근영을 좋아하는 친구 때문에 보았다. 한때 '국민 여동생'이라는 별명으로 불렸던 소녀는 영화에서 열아홉의 연변 소녀 채린으로 분했다. 그녀는 댄스트레이너 영새를 '아즈바이'라고 부른다. 아즈바이. 정겹고 순박한 발음이다. 위장결혼까지 해가며, 채린과 영새가 함께 사는 이유는 3개월 남은 경연대회의 준비 때문이다. 기본스텝도 밟을 줄 모르던 채린은 영새의 혹독한 훈련을 받아 진정한 댄서로 거듭난다. 그리고 이들은 점점 서로에게 사랑의 감정을 느껴간다. 누구나 짐작 가능한 수순이다. 이들의 사랑 앞에 위기가 놓여 있다는 것도 마찬가지다. 위기가 결국 극복되리라는 것도, 누구나 안다.

영화의 마지막 부분에서 채린은 영새의 옥탑방을 찾아간다. 옥탑방 문 앞에서 채린의 손은 차마 문고리를 잡아당기지 못하고 허공에서 주춤댄다. 문을 열거나, 열지 않거나! 소녀에게는 아직 선택의 기회가 남아 있다. 문을 연다면, 소녀는 그리워하던 남자와 뜨거운 포옹을 나누고 사랑을 확인할 것이다. 초록 반딧불처럼 그들은 날개 없이도 하늘을 훨훨 날아오를 것이다. 하지만 그와 동시에 소녀는 구질구질하고 지난한 현실 속에 몸을 담그게 된다. 과자만 먹고 살 수는 없을 테니, 생활을 위해 두 남녀는 무엇이든 해야 한다. 다리를 저는 퇴물 스포츠댄서와, 언니 행세를 하며 살고 있는 연변 처자가 이곳에서 무슨 일로 생계를 이어갈 수 있을까. 어쩌면 더 험한 일이 이들 앞에 가로놓여 있을지도 모른다.

이윽고 소녀는, 문을 연다. 사랑하는 청춘남녀가 껴안는다. 자막이 올라가는 동안 나는 천천히 깨닫는다. 어떤 영화가, 해피엔드로 끝난다고 해도 그것이 전부가 아니다. 바로 그 시간부터 인물들은 자신의 선택에 책임을 지게 된다. 영화가 끝나고 자막이 올라가고 관객이 우르르 몰려 나간 뒤에도, 부대끼고 아파하고 기뻐하고 울고 웃으면서 그들은 삶을 이어나가야 하는 것이다. 사랑을 선택한 채린과 영새가 앞으로 어떤 인생을 살아가게 될지 나는 알지 못한다. 영화 〈노트북〉의 노아와 앨리처럼 그들도 노후까지 애틋하게 사랑하며 함께 눈을 감을지도 모른다. 아니다. 몇 해 뒤 채린은 〈조제, 호랑이 그리고 물고기들〉의 츠네오처럼 담담한 표정으로 옥탑방을 떠날지도 모른다. "내가 도망친 거다"라고 중얼거릴 때 소녀는 조금 자라 있을까? 무엇을 선택하든, 그들도 우리처럼, 자기 길을 간다.

영화 안에 사는 사람들의 희로애락을 훔쳐보는 일은, 버거운 동시에 행복한 작업이다. '못 만든 영화'는 있어도 '못생긴 캐릭터'는 어디에도 없으니.

그리운 것은 어쩌면 음악이 아니라 시간일 테니까

스물두 살,
내게 왔던 사춘기

미숙한 것은 부끄럽지 않은 거라고 속삭여주던
내 어린 친구, 잘 있니?

사춘기는 아니었다. 아마도, 그랬을 것이다. 이미 스물두 살이었으
니까.

그런데 왜 그토록 열심히 보았던 걸까? 방송 시간은 평일 초저녁이었
다. 나는 대학 3학년이었으므로 "〈사춘기〉 보러 집에 가야 되거든. 그래,
정준 나오는 그거. 중학교 1학년들 얘기 말이야"라는 조기 귀가의 비밀
을 아무에게도 발설하지 못했다.

시청 행위가 대단히 거창했던 것도 아니다. 거실의 오래된 가죽소파
한 귀퉁이에 엉덩이를 붙인 채, 집에 올 때 사들고 온 버거킹 와퍼나 롯
데리아 치킨버거 따위를 우물우물 씹으면서 조용히 기다리곤 했다. 잊
을 수 없는 〈사춘기〉의, 그 시그널 뮤직을. 사람은 누구나 혼자라고 해.
사람은 누구나 외롭다고 해. 그때 내가 혼자였던가? 세상에 혼자 아닌

인간은 없음을, 엉성하게 알아차려 가던 무렵이라고 해두자.

춘천에 사는 남자 중학생과 서울에 사는 여자 대학생. 밤마다 망원경으로 별을 보는 10대 소년과 밤마다 하이텔 채팅방에서 타자연습을 하는 20대 여자. 그러고 보면 동민이와 나 사이에 공통점이라곤 거의 없었다. 그럼에도 그 녀석에 대한 감정이입은 무척 자연스레 이루어졌다. 일찍이 김수현 드라마에 탐닉했던 유년 시절부터 다분히 삐딱한 관찰자적 시점의 시청으로 일관하며 애달픈 여주인공의 운명에 같이 훌쩍이기는커녕 "울긴 왜 우나? 아주 지 팔자를 지가 만드는구나" 등의 추임새를 뱉던 내가, 자아와 피아의 구별이 안 될 만큼 드라마 주인공과 일체감을 느낀 경험은 아마도 〈사춘기〉가 처음이었을 것이다.

93년과 94년. 동민이가 중학교 1학년에서 2학년이 되는 동안 내게도 여러 가지 일들이 일어났다. 지금 구태여 밝히기엔 어쩐지 지나치게 소소하다고 느껴지는 것들뿐이다. 시간의 위력일까. 내일 지구가 멸망했으면 좋겠다고 간절히 바란 적이 있었지만 이젠 그 이유도 기억나지 않는 것처럼 말이다.

드라마의 배경인 춘천으로 불쑥 떠났던 일만은 어젠 듯 떠오른다. 끝날 듯 끝날 듯 길게 이어지는 20대 초반의 나날들이, 경춘선 비둘기호의 의자처럼 몹시도 덜컹거린다고 생각했다. 촬영지라고 주워들었던 강원사대부고 언저리를 기웃거려 보았으나 동민이의 모습은 보이지 않았다. 갈 때 탔던 것과 똑같이 생긴 열차를 타고 청량리역으로 돌아왔다.

동민이의 이야기가 끝나자, 곧 〈사춘기 2〉라는 제목의 다른 드라마가 시작되었다. 채널을 돌릴 때조차 의식적으로 그것을 보지 않았다. 그때나 지금이나 나의 의리란 고작 그런 방식이다.

이 글을 쓰는 내내 그 녀석이 보고 싶었다. 미숙한 것은 부끄럽지 않은 거라고 속삭여주던 내 어린 친구, 잘 있니? 누나는 아직도 왜, 삶이 익숙해지지 않는지 모르겠다. 사춘기도 아니면서. 바보처럼.

빨리 티브이 틀어,
시작했다

비로소 '누가 뭐라든 내가 하고 싶으니까 하는' 여주인공을 만났다

'다시 혼자라니 믿어지니. 새로 시작해. 기대하지 않던 그 무엇이 이루어진대.' 가슴이 뛴다. 놀랍다. 최근 수년 동안 어떤 남자를 기다리는 동안에도 이렇게 설레지 않았던 것 같다. 가만히 있어도 짜증이 솟구치는 무더운 초여름의 나날들을 별 난동이나 토사곽란 없이 참고 견디는 건 어김없이 수요일 밤이 돌아오기 때문이었다. 수요일이면 다정한 벗 김삼순 양(맘 같아선 삼순 언니라고 부르고 싶지만 유감스럽게도 내가 언니다)을 만날 수 있었다.

광고가 나가는 사이 친구에게서 전화가 걸려온다. 얼마 전 애인과 헤어진 데다 월급이 두 달째 밀려 있는 그녀는 요즘 심각한 냉소주의와 심신 무기력증에 시달리고 있다. "오늘 사장이랑 싸우고 우울해서 집에서 혼자 한잔했어. 미드에 나오는 근사한 바에 가고 싶었는데 우리나라에

서 여자 혼자 그런 데 앉아 있기가 쉽냐. 이상한 아저씨들이 수작이나 걸기 십상이지. 요새 즐거운 일이라곤 하나도 없다. 그냥 확 다 때려치우고 시집이나 갈까?" 그러나, '때려치우고 시집이나 가는' 일이 세상에서 제일 어렵다는 걸, 우리는 피차 너무도 잘 안다. 어설픈 위로 대신 나는 그녀에게 가만히 말해 주었다. "야, 빨리 티브이 틀어. 삼순이 시작했다."

통통하고 주책 맞은 서른 살 파티셰 김삼순이라는 캐릭터는 특히 20~30대 여성 시청자들의 전폭적인 지지를 받았다. 그동안 한국 드라마 여주인공들의 '눈 동그랗게 뜨고 아무것도 모른다는 듯 깜빡거리기'나 '누가 봐도 예쁘고 청순가련한데 자기 혼자 푼수라고 우겨대기', '사랑하는 남자의 미래를 위해 눈물을 머금고 떠나나 싶더니 어느새 따라온 남자 품에 얼굴 파묻기' 등등이 지긋지긋했던 사람이 나뿐만은 아니었나 보다.

맘에 드는 남자에게 먼저 키스하고 사랑을 고백하는 삼순은 자신의 욕망에 충실한 여자다. 연적에게 "추억은 아무런 힘이 없어요"라고 조곤조곤 일러주는 그녀, 자꾸 사랑에 빠지는 자신이 징그럽다고, 심장이 딱딱해졌으면 좋겠다고 울다가도 맘에 드는 맞선남을 만나자 쾌재를 부르며 배시시 웃는 그녀에게 그 어떤 평범한 여자가 감정이입하지 않을 수 있으랴.

드라마 속에서 삼십대 독신 여성은 진정한 의미의 주체가 된 적이 없었다. 싱글 여성의 비애를 토로하는 주인공이 있었다 해도 사랑에 관한

한 그녀들은 결국 상대 남성의 전폭적인 애정공세를 받는 나이든 공주님에 가까웠다. 그런데, 2005년 여름에 이르러서야 우리는 '누가 뭐라든 내가 하고 싶으니까 하는' 여주인공을 만나게 된 것이다. 마이너리그 속의 한 여자가 제 욕망을 솔직히 응시하고 스스로의 목소리로 커다랗게 말하고 꿈을 이루어가는 모습을 보는 일은 통쾌한 저항의 느낌을 주었다. 그녀처럼, 나도 나를 진심으로 사랑한다면 이 지루하고 재미없는 일상이 마법처럼 조금씩 달콤해질 것만 같다는 위로. 김삼순 양의 좌충우돌 서른 살 나기에 뜨거운 응원의 박수를 보냈던 이유다.

기사도
정신

그리운 것은 어쩌면 음악이 아니라 시간일 테니까

    가수의 실명이나 노래 제목은 밝히지 않겠다. 그 음반을 고른 건 '기사driver도' 정신 때문이었다. 오랜 친구들과의 짧은 가을여행, 운전기사 역할을 맡기로 하면서 주행 중 들을 만한 음악에 대해 한참 고민하다 내린 결정이었다. 80~90년대 히트송들을 새롭게 불렀다는 젊은 가수의 CD를 카 오디오에 넣고 자랑스레 재생 버튼을 눌렀다. 다들 좋아하리라 믿었던 나의 예상은, 무참히 빗나갔다. CD의 1번 트랙이 시작되고 얼마 지나지 않아 뒷자리에서 심한 야유가 터져 나왔던 것이다. "이거 대체 누가 부르는 거야? 남의 노래를 이렇게 망쳐놔도 되는 거야?" 같은 투덜거림에서부터, "세상에, 이 음반 돈 주고 샀어? 돈이 남아도냐?" 등의 (애먼 나를 향한) 비난에 이르기까지 친구들의 반응은 매우 부정적이었다.

"남의 정성을 무시하는 나쁜 것들! 이 음악이 어디가 어때서……."
의연하게 대꾸하고 싶었으나 그러지 못했던 이유는, 내 귀에도 무언가
좀 이상했기 때문이다. 젊은 가수가 새로 부르는 옛 노래는, 내가 아는
그 노래가 틀림없건만 한편으론 내가 아는 그 노래가 아닌 듯도 했다.
아무렇지도 않은 것처럼 편안하고 담담하게 이별을 노래하는 보컬이 원
곡의 특징이었다면, 리메이크 곡은 너무 진하고 너무 절절했다. 원곡이
담백하고 맑은 평양식 물냉면이었다면, 리메이크 곡은 끈끈하게 녹인
치즈에 마요네즈 소스, 머스터드 소스 따위를 계통 없이 잔뜩 쏟아부어
만든 정체불명의 이국 요리에 가까웠다. 느끼한 음식을 먹은 뒤에 종종
그렇듯 여행 내내 나는 어서 빨리 원곡을 들으며 개운하게 속풀이하고
싶다는 강한 욕망에 시달려야 했다.

집에 와, 어디 처박아 두었는지도 잊었던 원곡 CD를 기어이 찾아냈
다. 심심하리만치 덤덤한 음악이 흐르자 금세 마음이 가라앉고 머릿속
이 정화되는 기분이었다. 그리고 리메이크 곡을 듣는 동안 내가 불편했
던 이유가, 가슴 깊은 곳의 아주 작고 부드럽고 내밀한 어떤 것이 만천
하에 까발려지고 훼손당하는 느낌 탓이었다는 사실을 알았다. 몸과 마
음을 다 바쳐 지나온 청춘의 한 부분, 이제는 고요히 서랍 속에 들어 있
는 그 추억이 예기치 못하게 끄집어져 울긋불긋 분칠한 채 저잣거리 한
복판에 진열된 것을 바라보아야 하는 심정이 혹시 이럴까?

요즘 셀 수 없을 정도로 많은 80~90년대의 노래들이 다시 불리고 있
다. 그만큼 우리 대중음악 역사가 풍요로워졌으며 다양성과 깊이를 가

지게 되었다는 뜻이겠다. 이 불황의 시대에 30~40대의 향수를 자극하는 동시에 10~20대에게는 참신하게 다가가는 이중전략을 구사하는 업계 관계자들도 이해할 만하다. 그렇지만 유행가의 핵심은 당대성과 시대정신이 아닌가 말이다. 그 당시 이 노래가 왜 대중의 사랑을 받았었는지, 대중은 왜 이 노래를 사랑했었는지 등의 의문은 휘발시켜 버리고 무작정 장식적으로 편곡하여 '부활'이랍시고 들이대는 모습엔 아무래도 정이 가지 않는다.

해결 방도는 하나뿐인 듯하다. 촌스러운 내 태도를 바꾸는 것. 지금 애절하고 느끼하게 귓가에서 미끄러지는 저 노래를, 94년 맑고 담담하고 치명적으로 내 폐부를 찌르던 그 노래와 전혀 다른 곡이라고 생각해야겠다. 그리고 2000년대의 노래는, 예전의 것이 그랬듯, '지금 · 이곳'의 새로운 시대정신을 반영한다고 믿어야겠다.

2015년 즈음의 어느 날 문득 친구들과 함께 떠났던 십 년 전 가을여행을 추억하는 순간이 찾아올까? 그때 추억의 백 뮤직으로 깔릴 노래는 어떤 버전일까. 그리운 것은 어쩌면 음악이 아니라 시간일 테니까. 시간의 경계를 일시에 허물어트려 주는 작은 실마리. 그 역할이야말로 유행가의 존재이유다.

왼손은
거들 뿐

간절했던 그 왼손의 자세를, 내가 정한 나의 원칙을,
나는 지금 똑똑히 기억하고 있는가

약간의 과장이 가능하다면, 나는 내가 알아야 할 모든 것을 『슬램덩크』에서 배웠다. '인생은 스포츠'라는 명료한 도식을 숭배한다는 의미가 아니다. 다만 생生을 대하는 태도의 문제다. 이노우에 다케히코의 농구만화 『슬램덩크』 속 인물들에게는 하나의 공통점이 있다. 농구를 진심으로 사랑하며 즐기고 있다는 것.

게임규칙도 모르는 주제에 무작정 농구부에 가입한 불량소년 강백호는 훈련을 거듭하면서 어느새 진정한 '바스켓 맨'이 된다. 마침내 강팀과의 접전. 경기종료 불과 몇 초를 남겨놓고 한 점 차이로 지고 있는 상황에서 공격 기회를 맞는다. 그 절체절명 다급한 순간에 소년은 단호하게 중얼거린다. "왼손은 거들 뿐." 아아, 그것은 바로, 슛의 기본이다. "오른손에 힘을 실어 공을 던진다. 그때 왼손은 살짝 받쳐주는 느낌으로." 처음 숫 쏘기를 연습할 때 끊임없이 되뇌던 그 말은, 그러므로 사랑하는 대상에 대한 변치 않는 초심의 고백이다.

　등단한 지 햇수로 오 년이 넘어가고 있다. 언제부터인가, '글'은 내게 '일감'이 되었다. 나는 글 쓰는 것을 '일한다'고 표현하게 되었다. 오 년 전, 그때의 당선소감에 "아무것도 두려워하지 않을 테다"라고 썼었는데. "마음껏 상상하고 목청껏 지저귀겠다"고 썼었는데. 간절했던 그 왼손의 자세를, 내가 정한 나의 원칙을, 나는 지금 똑똑히 기억하고 있는가.

슬픈
무기여,

젊디젊은 그들이 숨겨둔 비장의 무기가 겨우 그것이라니

'바바리맨'은 신출귀몰하기도 하다. 여학교 앞 어스름한 골목길에서, 대낮의 지하철 안에서, 아침 출근길의 버스정류장에서, 그 밖에 감히 상상치도 못했던 여러 일상적 공간 속에서 대한민국 여성들은 그 '맨'들과 마주쳐왔다. 자꾸 보다 보면 제법 익숙해지지 않느냐고? 미안하지만, 절대로 그렇지 않다. 그것이 폭력의 특성이다.

중학교 때 우리 학교 앞에 단골로 나타나는 '맨'이 하나 있었다. 허구한 날 맞닥뜨리면서도 소녀들은 그를 목격할 때마다 꺅꺅 소리를 질러댔다. 한 선배언니가 말했다. "너희가 비명을 지르니까 그놈은 지가 잘나서 그런 거라고 오해하잖니. 앞으로는 놀란 척하지 말고 그냥 무시해버려. 너는 하던 일 마저 해라, 나는 그냥 지나가겠다, 이런 표정으로!" 공포 섞인 비명으로 저를 맞이해야 마땅할 소녀들의 냉정하고 심드렁한 반응이 불만스러웠던지 얼마 뒤 그는 진짜 사라졌다. 물론 또 다른 새된 비명을 찾아 영업장을 옮겼을 테지만.

그 사건은 몇 해 전 토요일 저녁에 일어났다. 유감스럽게도 나는 그 사건의 직접적인 목격자다. 날은 덥지, 쓰고 있는 소설은 안 풀려서 답답하지, 일도 안 되는데 밥은 먹어 뭘 하나 자책하며 밥 대신 수박을 썰어 입에 넣던 중이었다. 눈은 습관적으로 텔레비전 화면을 쫓고 있었다. 그때 그들이 나타났다. 누구나 그랬겠지만 처음에는 나도 무슨 일이 벌어지고 있는지 파악하지 못했다. 어, 지금 쟤들이 뭐하는 거지? 어, 어, 아니, 설마! 홀딱 벗은 채로 펄쩍펄쩍 점프를 해대는 그들을 나는 그저 멍하니 바라보았다. 그것 말고는 달리 할 수 있는 일이 없었기 때문이다. 방청석이 쥐 죽은 듯 고요했던 건 다들 나처럼 할 말을 잃어서였을 것이다. 조금 뒤에야 내가 수박씨를 죄다 꿀떡 삼켜버렸다는 걸 알았다. 그리고 '당했다'는 걸 깨달았다.

카우치의 공중파 성기노출사건이 일파만파로 번지는 것을 보면서 머리 싸매고 앉아 생각했다. 인간의 알몸을 바로 성적인 상징으로 치환시키는 것도 어찌 보면 위험한 발상이잖아. 걔들은 그 짓을 통해 나름대로의 저항정신을 표현하려 했는지도 몰라. 그래, 방송국에 대하여, 제도권에 대하여 지들 딴에는 '픽큐' 한 방 날리는 심정이었을지도 모르지. 하해와 같은 심정으로 이해해 보려 애썼다. 그렇지만, 그렇지만! 몸의 기억은 끈질기고 강렬하다. 열댓 살 무렵부터 잊을 만하면 한 번씩 이 도시 곳곳에서 부닥쳐왔던 바바리맨들. 더듬어 생각할수록, 기억 속에 단단히 각인된 그 불쾌하고 기분 나쁜 느낌이 스멀스멀 되살아나서 어지러워졌다. 결론은 자명하다. 그게 누구든 간에 인간에게는, 원치 않는 타인의 알몸을 보지 않을 자유가 있고 성적 수치심을 느끼지 않을 권리가 있다. 그래서 나는 공중파 무대에서 '생 쇼'를 벌인 그들을 용서하지 못하겠다.

사건의 배후에 어떤 치밀한 음모가 있다고는 생각하지 않는다. 뭣 같은 세상, 우리가 일 한번 벌여주지! 헤이, 거기 알록달록 풍선 흔들어대는 오빠부대 꼬마아가씨들, 귀엽고도 한심하구나, 오늘 한번 진하게 놀라볼래? 어쩌면 이렇게 '쉽게' 시작된 일일지도 모른다는 가설에 한 표 던진다. 성폭력을 포함한 모든 폭력행위는 그렇게 알량한 권력을 과시하려는 같잖은 욕망에서 비롯되기 때문이다. 그런데 정말 궁금한 부분은, 스스로 '저항'을 지향하는 인디밴드의 일원인 그들이, 딴에는 퍼포먼스라면서 짜잔 꺼내놓은 부위가 왜 하필 '성기'일까 하는 것이다. 처음 서는 방송국 생방송 무대에서 주눅 들지 않기 위해, 당당하고 자유롭게 맞짱 간다는 걸 과시하기 위해, 젊디젊은 그들이 숨겨둔 비장의 무기가 겨우 그것이라니. 그 가진 것 없음과 부박한 상상력이 진심으로 애처롭기 그지없다. 아, 전통도 유구한 바바리맨의 슬픈 무기여, 이제는 제발 안녕!

자본주의의
깜찍한 비밀

그리고 얼마 지나지 않아, 그것을 잊었다

80년대 중반 중학생이 되었을 때 나는 이 세상에 딱 두 부류의 청소년이 있다는 것을 알게 되었다. '마이마이'를 가진 아이와, 못 가진 아이.

마이마이MYMY, 일인칭 소유격이 두 번 반복되는 그 이름은 지나치게 의미심장하다. 우리들은 손바닥만 한 크기의 휴대용 트랜지스터 라디오를—브랜드가 금성전자든, 삼성전자든, 아니면 일제 소니든 간에—무조건 '마이마이'라고 불렀다. 〈별이 빛나는 밤에〉와 〈밤을 잊은 그대에게〉 같은 심야방송의 제목만을 알고 있는 아이와, 밤마다 홀로 청취할 수 있는 아이 사이에는 중학생과 대학생만큼이나 엄청난 계급적 간극이 존재했다. 소형 워크맨을 들고 다니는 친구들이 하나 둘씩 늘어날 때마다 나는 견딜 수 없이 조급해졌다.

선물은 예기치 못한 방식으로 당도했다. 집을 방문한 친척어른이 아

무렇지도 않게 건네준 것은 빨간색의 '진짜 마이마이'였다. 나는 눈물을 글썽일 정도로 감동했으며 몹시 행복했다. 그리고 얼마 지나지 않아, 그 것을 잊었다. 이번에는 '더블데크 카세트'를 열렬히 욕망하게 되었기 때 문이다. 욕구가 충족되는 순간 새로운 결핍이 탄생하는 아이러니! 열다 섯 살, '마이마이'는 나에게 자본주의의 저 깜찍한 비밀을 선물했다.

친구 사이

그들이 내 친구가 아니라면,
친구는 도대체 누구란 말인가

스물한 살의 서태지가 〈난 알아요〉라는 노래로 데뷔했을 때 나는 무엇을 하고 있었을까. 92년의 그 봄, 나도 스물한 살이었다. 전공수업은 적성에 맞지 않았고, 일상은 지리멸렬했으며, 세상은 모호한 공기로 뒤덮여 있었다. 세계가 나를 중심으로 돌아가지 않는다는 것, 천재지변이 일어나지 않는 한 앞으로도 영원히 이렇게 사소하게 마모되어 가리라는 것을 설핏 자각하게 된 때가 그 나이 무렵인지도 모르겠다. 아침이면 터덜터덜 캠퍼스를 걸어오르며 갈등했다. 그냥 확 땡땡이쳐 버릴까? 아, 모르겠다. 그냥 확 휴학계를 내버릴까? 아, 모르겠다. 도무지 아는 거라곤 하나도 없는 청춘이었다. 그 무렵 처음으로 서태지의 목소리와 만났다. 맑고 천연하게, 그는 "난 알아요!"라고 선언하고 있었다. 나는 한순간에 매혹당했다. 몇 달 지나지 않아 서태지라는 단어는 일반명사가 되었다. "서태지? 나랑 동갑이잖아." 그렇게 말할 때 대체 내가 왜 자랑스러운 건지, 동시에, 기묘한 열등감으로 공연히 위축되는 건 왜인지 설명할 도리가 없었다.

동갑내기 스타라면 심은하도 빼놓을 수 없다. 〈미술관 옆 동물원〉을 본 건 98년 마지막 날 밤이었다. 스물일곱, 벌여놓은 일들은 많은데 수습하지 못해 낑낑대던 시절이었다. 환하고 사랑스러운 '춘희'를 따라 울고 웃다가 영화관 밖으로 나오니, 두어 시간 뒤면 한 살 더 먹게 된다는 사실이 더할 수 없이 비현실적으로 느껴졌다. 포스터 속 심은하의 미소를 훔쳐보면서 나는 들릴락 말락 한숨을 내쉬었던 것 같다. 난 아직도 가야 할 방향조차 정하지 못하고 우왕좌왕하는데, 같은 나이의 누군가는 이미 자기 분야의 최정상에 우뚝 서 있다니. 찬탄과 질투, 경배와 콤플렉스가 뒤섞인 복잡한 감정이 드는 것을 어쩌지 못했다.

장동건, 배용준, 고소영, 류시원 등등. 그 밖에도, 나와 동갑인 굵직굵직한 스타들의 수는 이상하리만치 많은 편이다. 아니다. 어쩌면 내가 유심히 그들의 행보를 지켜보고 있는 건지도 모르겠다. 동갑내기 연예인들 중 몇은 예전이나 지금이나 최고의 위치에 있으며, 또 몇은 한때 대스타였지만 어찌된 일인지 이제는 그렇게 부르기 망설여지기도 한다. 스타와 직업인의 차이는 무엇일까 곰곰 생각해 보게 만드는 이름들도 있다. 그리고 어떤 경우는, 뒤통수를 후려치듯, 새로이 발견되어지기도 한다.

이십대 초반부터 봐온 얼굴인데, 늘 무심하게 지나쳐온 이들에게서 한순간 오롯한 존재감을 느끼고 충격을 받게 되는 것이다. 〈여자, 정혜〉의 김지수, 〈범죄의 재구성〉의 염정아가 그랬고, 〈내 이름은 김삼순〉에서 새로이 발견한 이아현이 그랬다. 그래, '쟤들'도 나와 동갑이었지. 그런데 저렇게 잘했었나? 의아해하다가 이내 와락 반가워졌다. 시간이 괜히 흐르지는 않았구나, 안도감이 들었다. 나이가 든다는 게 반드시 성장을 의미하지는 않을 것이다. 하지만 적어도 시간의 흐름을 견디는 법은 배우게 된다. 삼십대 중반. 자신이 무엇을 가장 잘할 수 있으며 무엇을 할 때 가장 행복하고 빛나는지 정도는 알게 되는 나이라는 것을, 나는 그들을 통해 깨닫는다. 눈부신 스타인 적 없었던 배우들의 담담한 성장을 지켜보면서, 어쨌든 내 길을 한번 계속 가보자, 용기를 추스른다.

서태지를 지금보다 더 자주 보고 싶고 심은하를 스크린에서 다시 만나고 싶지만 꾹 참는 이유 또한, 그들이 스스로 기꺼이 지금의 삶의 방식을 선택했음을 알기 때문이다. 그들이 어떤 선택을 하든 존중하고 이해하고 싶기 때문이다. '친구'란 무릇 그런 사이가 아니던가. 막막하던 스물한 살과 스물일곱 살을 함께해준 그들이 내 친구가 아니라면, 친구는 도대체 누구란 말인가. 누군가와 함께 나이 들어간다는 건, 그러니 분명 신비로운 일이다.

늙은 예술가의
초상

그 나이에 닿아본 자만이 표현할 수 있는
황혼의 고뇌에 대한, 속 깊은 시선

'늙음'은 어떤 걸까. 아직 늙지 않은 나는 스스로의 몸이 늙어가는 느낌에 대해 또렷하게 알지 못한다. 한 살 더 먹고 보니 숙취가 심해졌다는 둥, 나날이 늘어가는 목주름 때문에 골치라는 둥, 더 늦기 전에 주기적으로 건강검진을 받기 시작해야 한다는 둥. 이렇게 엄살을 있는 대로 늘어놓지만 사회적으로 두루 통용되는 '늙은 나이'와는 아직 거리가 먼 연령대를 살아가고 있는 이에게 이런 식의 '늙음' 타령이란 일종의 커다란 과장일 뿐이다.

언제부터인가 연세 지긋한 원로(?)배우들께서 각종 코미디영화의 주인공, 혹은 감칠맛 나는 조연으로 등장하여 맹활약을 펼치는 모습을 자주 목격하게 된다. 건강한 생의 욕망으로 충만한 〈마파도〉 할머니들 덕분에 신나게 웃었고, 갖은 우아와 고상을 떨다가도 결정적 순간에 '엠

병~'을 외쳐대는 시트콤 속 김수미 사모님 덕분에 스트레스를 털어 보냈다. 중년의 나이를 넘겼다고 해서 반드시 뻣뻣하고 권위적인 '어른'이 되는 게 아니라는 사실을 그분들은 몸소 일러주었다.

원로까지는 아니더라도 중견배우들 역시, 한때의 매력남 아이콘 박영규(진짜다. 이분이 김희애 상대역으로 나와 임채무와 삼각관계를 이뤘던 〈내일 잊으리〉란 드라마가 아직도 생생하다)가 '미달이 아빠'로 변한 것을 신호탄 삼아, 코믹한 이미지로의 변화들을 시도하는 듯 보인다. 이른바 전성기 시절의 이미지를 버리고 '망가지는' 코미디 연기에 도전하는 것이 물론 쉬운 일은 아닐 것이다. 그러나 '예술'을 업으로 삼았다면, 똑같은 틀 안에 안주하지 않고 끊임없이 몸을 갱신하여 역사를 새로 써나가는 쪽이 훨씬 바람직하다는 것은 불문가지일 터. 한때 날리던 멜로배우였다고 해서 평생 그 이미지에 얽매어야 한다는 법은 없으니 말이다.

그럼에도, 가눌 수 없는 아쉬움이 고개를 쳐드는 이유는 가끔씩 겸연쩍기 때문이리라. 이 겸연쩍음은, 그분들이 몸으로 체화시켜 내는 연기의 내용에서 유발되는 것이 아니라, 그분들이 맡아 하는 '희화화된 노인 캐릭터'에서 비롯된다. '일용 엄니'를 끝내자마자 영화와 시트콤, 광고 등의 각종 영역에서 아무도 범접하지 못할 카리스마로 코미디 재능을 맘껏 드러내고 계신 김수미 선생님. 그분을 좋아하지만, 그래서 감히 언급하기 죄송하지만, 〈안녕, 프란체스카 시즌 3〉의 이사벨 같은 캐릭터로 소비되고 말기에는 그분이 가진 잠재력이 너무 아깝다는 것이 솔직한 생각이다.

스물네 살의 처녀에서 어느 날 갑자기 오십대로 변한 여자 뱀파이어라는 설정은 매력적이었지만, 이사벨은 극 내내 과장되고 희화화된 모습으로 비춰지기만 했다. 그 연기자의 코미디 능력만을 쏙 뽑아다 쓸 요량만이 아니라, 그분이 쌓아온 인생의 연륜과 깊이를 캐릭터 속에 조금 더 능동적으로 반영했다면 어땠을까. 여성에게 생물학적 젊음과 늙음이 주는 씁쓸한 의미에 대해 보다 날카롭게 성찰하고 나아가 해방적 느낌을 줄 수 있지 않았을까 하는 아쉬움이 이는 것이다.

이젠 부디 마냥 웃기는 주책바가지 노인네거나 주인공 남녀의 중심 서사에 양념을 치는 조부모가 아니라 좀 신선한 역할로 정겨운 노배우들과 조우하고 싶다. (열렬한 멜로여도 좋고!) 그 나이에 닿아본 자만이 표현할 수 있는 황혼의 고뇌에 대해, 아름다움과 회한과 기쁨에 대해 정직하게 응시하는 속 깊은 시선. 그것이 닮고 싶은 '늙은' 예술가의 초상이다.

관계의 속살,
그 연하고 말캉한 맛

그래도 가야겠지. 멈출 수는 없으니.
모르는 채 흔들리며, 메슥거림을 참아내며

캐리는 내 친구 X와 꼭 닮았다. 얄미웠다가 불쌍했다가 공감했다가 다시 얄미워진다. 내가 저 지지배 징징대는 꼴을 다시 받아주면 인간이 아니다! 주먹을 꼭 쥐어보지만 어느새 스르르 풀어져서는 그녀의 끝없는 '빅, 빅, 빅' 타령을 고개 끄덕이며 듣고 있는 나 자신을 발견하게 되는 것이다.

사실 캐리는 내면에 수많은 문제점들을 쌓아두고 있다는 점에서 전통적인 드라마 여주인공과는 사뭇 다르다. 공주병 증세가 다분할뿐더러 (캐리. 까놓고 말해서 너 그렇게 대단히 예쁘진 않거든. 내가 이 얘기까진 안 하려고 했는데, 사실 얼굴도 좀 길고……) 이기적으로 굴다가 상대방에게 상처 주기 일쑤고(솔직히 에이든한테 너무한 건 맞잖아. 수많은 여성 시청자들이 그 지점에서 얼마나 경악했다고……) 말로는 친구들이 제일 중요하다면서도 결정적 순간엔 남자 만나러 내빼버리는 만행을 저지르기도 하고(아무튼 그놈의 '빅, 빅, 빅'이 문제야……) 소득 수준에 비해 몹시 과도한 소비행태를 보이기도 한다(여기나 거기나 칼럼니스트 원고료 빡하고 프리랜서 신세 서러운 건 피차일반일 텐데 노후 걱정 안 하니? 무릎 뼈 시린 나이 생각보다 금방 온다……).

완벽하지 않은 것은 캐리만이 아니다. 사만다와 미란다, 샬롯은 또 어떤가. 그녀들은 저마다의 크고 작은 문제들을 겹겹의 페이스트리 파이처럼 영혼 속에 숨기고 있다. 바로 그 이유로, 전 세계의 많은 여성들은 때론 탄식하며 때론 눈물 흘리며 때론 '된장녀'로 매도당하면서도 〈섹스 & 더 시티〉를 사랑해 마지않는다.

〈섹스 & 더 시티〉가 2, 30대 한국 여성들에게 높은 인기를 구가하는 까닭이 뉴욕식 라이프스타일과 세련된 패션 감각에 대한 동경 때문이라는 것은 무척이나 피상적인 분석이다. (차라리 안 보고 본 척하는 게 낫지. 시즌 6까지 제대로 보고도 뉴요커의 멋진 삶 타령만 하고 있다면 선천적 이해력이 심각하게 떨어지는 거다. 그런 분들께 이 자리를 빌려 심심한 위로의 뜻을 전한다.)

〈섹스 & 더 시티〉를 관통하는 핵심 키워드는 '관계'다. 대도시 정글 속 각각 보잘것없는 낱개의 존재로 살아가는 우리는, 이 정글 안에서 얼마나 수많은 관계들을 맺고 살아가는가. 나와 친구의 관계, 나와 애인의 관계, 나와 집의 관계, 나와 도시의 관계, 그리고 나와 나의 관계……. 〈섹스 & 더 시티〉는 현대 여성들이 일상적으로 맺는 여러 관계의 가면과 맨 얼굴을 드러내 보여줌으로써, 도시적 삶의 외피와 내면을 성찰하도록 한다. 근사하게 차려입고 나가는 브런치 모임이 도시적 삶의 겉모습이라면, 그때그때마다 식탁에서 서로들 미묘하게 어긋나고 무심한 척 딴죽 걸고 용기 내어 화해를 청하는 것은 도시적 관계의 연하고 말캉한 속살이다. 마놀로블라닉 구두와 결혼했다고 주장하는 캐리의 겉껍질을 한 꺼풀 벗기고, 그녀가 구두와 관계 맺는 방식에 대해 고요히 응시해 본다면 어떨까.

요즘도 꽤 자주, 내가 불완전하고 미숙한 인간이라는 생각이 든다. 그런 생각이 들 때마다 불안하고 혼란스럽다. 당최 얼마나 더 세월을 참아야 나는 나를 안전하고 성숙한 인간으로 취급하게 될까? 사는 게 왜 이래? 대체 언제까지 이래야 하지? 아무도 똑 부러지게 대답해 주지 않는다. 내 친구 X도 모르고, 캐리도 모른다. 또 다른 친구 K가 의미심장한 발언을 했다. "몇 해 전만 해도 말이야. 〈섹스 & 더 시티〉를 보면서 일말의 판타지가 있었거든. 저렇게 되고 싶기도 했고. 근데 요즘 다시 보니까 내가 꼭 SBS 아침드라마를 보고 있는 느낌이 들더라. 어찌나 무섭던지." 진저리날 만큼 속된 공감이 되었다는 의미일 것이다.

각자들 제 몫의 빨래를 수습하기에 바쁜 친구 녀석들. 그래도 가야겠지. 멈출 수는 없으니. 모르는 채 흔들리며, 메슥거림을 참아내며. 캐리도, 내 친구 X와 K도, 또 나도…… 나만큼 불완전하고 불안하고 혼란스럽고 미숙한 그녀들이 옆에 있어서, 조금은 덜 외롭고 가끔은 정말 즐겁다.

고통의
평등한 중량

무엇이 우등하고 열등한 취향인지
콕 집어 감별할 수 있는 자, 그 누구인가

언젠가 〈내 이름은 김삼순〉에 관한 칼럼을 쓴 적이 있다. 신문사 편집부에서 '그래, 나 삼순이다. 어쩔래?' 라는 제목을 달았다는 걸 지면을 보고야 알았다. 평소 내가 어떤 문예지에 무슨 소설을 발표하는지에는 전혀 관심 없던 친구들이 줄줄이 전화를 걸어왔다. "야, 네가 무슨 삼순이야? 삼순이가 너보다 몇 살이나 어린 줄 몰라?" "그거 내가 붙인 제목 아니란 말이야. 나는 그냥 기자가 삼순이 보냐고 물어봐서 열심히 보고 있다고 대답한 거밖에 없단 말이야. 그러다가 얼떨결에 글 하나 쓴 거밖에 없다고." "어이구, 바보야. 아무리 그래도 이름 석 자 걸고 중앙일간지에다가 떡하니, 삼순이 하는 시간 목 빠지게 기다리고 있다고, 드라마 보면서 가슴이 뛴다고 쓰면 어떻게 하겠다는 거야? 사람들이 널 얼마나 무시하겠어?" "날 왜 무시해? 전 국민이 다 보는 드라마를 나도 재밌게 본다는데.” “그래도 그게 아니지. 뭐랄까, 수준이 낮아 보이잖아. 다른 소설가들이 너 때문에 괜히 도매금으로 넘어가면 어떻게 해!” 참, 그렇지. 잠시 까먹고 있었다. 나는 소설가다. 이러니저러니 해도, 어쨌거나, 이른바 순수문학을 하는 사람인 것이다. 그런데 왜 드라마를 재밌게 본다고 말하면 안 되는지는 여전히 모르겠다.

현실에서 처음 만나는 이에게 직업을 밝히면 거의 대부분 비슷한 반응이 돌아온다. “이거 참, 제가 워낙에 책을 안 읽어서 말이죠.” 그들이 황당하면서도 겸연쩍다는 표정을 감추지 않기 때문에 괜히 내가 더 미안해진다. 이윽고 그들은 한결같이, 토씨 하나 다르지 않게 묻는다. “드라마나 시나리오는 안 쓰세요?” “글쎄요. 별 계획 없는데요.” “왜요? 그 판이 돈을 많이 번다던데. 사실 요즘 누가 책 사서 읽나요? 아, 아무래도 대중문화 쪽은 수준이 좀 안 맞으신가 봐요?” 이쯤 되면 등줄기로 식은 땀이 흐른다. 이제는 그놈의 ‘수준’이라는 단어만 들으면 대놓고 놀림받는 기분이 된다.

물론 한 명의 직업인으로서, 또한—아직은 내 입으로 말하기 부끄럽지만—한 명의 예술가로서 나는 소설 쓰는 일에 상당한 자부심을 가지고 있다. 그리고 내가 하는 작업이 세상에서 둘째가라면 서러울 만큼 정신적으로 ‘빡센’ 일이라고 생각한다. 여론조사를 해본 적은 없지만, 창작을 업으로 하는 그 누구라도 모두들 내심 나와 비슷한 생각을 하고 있으리라 짐작한다. 단 한 장의 원고를 위하여, 단 한 번의 무대를 위하여, 단 하나의 컷을 위하여 홀로 감내해야 하는 스트레스의 무게는, 감히 자기 영혼을 숙주 삼아 '없는 세계'를 창조하려는 자가 치러야 할 오만의 대가일 것이다. 그리고 너무나 당연하게도, 그 고통의 중량은 '순수예술' 작가와 '대중문화' 작가 모두의 어깨를 공평하게 내리누른다.

순수예술과 대중예술, 고급문화와 대중문화를 나누는 이분법은 이미 오래전에 의미를 잃었다고, 나는 생각한다. 문화 소비자로서의 하나의 '개인'은 일면성을 가진 존재가 아니다. 봉준호 감독의 새 영화를 손꼽아 기다리고, 부천필하모닉의 말러 연주회에 다녀오고, 황병승 시인의 새 시집을 읽고, 동시에 낄낄대며 〈무한도전〉을 보는 것이 바로 지금, 이곳을 사는 문화 향유자의 모습이다. 한 사람 안에 다양한 문화적 취향들이 진즉에 뒤섞여 혼재되어 있는 것이다. 무엇이 우등하고 열등한 취향인지 콕 집어 감별할 수 있는 자, 그 누구인가. 파닥파닥 살아움직이는 것은 자율적인 문화 텍스트들뿐이다.

투덜거리면서도,
기다린다

영화제가 의미를 가진다면, 배우라는 직업을 가진
한 인간의 맨얼굴을 대할 수 있기 때문이다

아무 생각 없이 텔레비전을 틀었다가 흠칫 놀랐다. 영화제의 오프닝
무대가 열리고 있었기 때문이다. 무방비 상태로 거리를 걷다가, 때 이른
캐롤송을 들었을 때와 비슷한 종류의 불안감이 엄습했다. '세상에. 또
한 해가 지나버렸단 말인가!'

어쨌거나, 바야흐로 연말 시상식의 계절이 시작되었다. 따뜻한 방구
석에 앉아 텔레비전 화면 속의 시상식을 구경하는 일은, 물론 재미있다.
특히 눈이 호사스럽다. 새 영화 홍보를 위해 생뚱맞은 오락프로그램에
출연하는 걸 제외하고는 브라운관에서 좀처럼 보기 힘든 젊은 영화배우
들이 줄줄이 등장하는 모습 속에는 확실히 평범한 관객의 가슴을 두근
거리게 하는 은밀한 매혹의 요소가 숨어 있다.

사실 '최고'의 영화, 감독, 배우를 딱 하나씩만 뽑는다는 일의 불가능

성에 대해 우리는 잘 알고 있다. 친구 서넛이 같은 작품을 보고 나와서도 극단으로 엇갈릴 수 있는 것이 영화에 대한 평가이니 말이다. 상을 주는 행위도 받는 행위도 어차피 인간의 일일 터. 창의력 ○○%, 기술력 ○○% 등등을 기계적으로 채점하는 컴퓨터가 심사위원이었다면, 단언컨대 다섯 명의 후보를 호명하는 순간 지금과 같은 팽팽한 극적 긴장감이 감돌지는 못했을 것이다.

　어쩌면 시상식이라는 행사가 관객에게 주는 진짜 선물은, 맘껏 투덜거릴 수 있는 자유가 아닐까 싶을 때도 있다. 상패는 A에게 돌아갔지만 실제로는 B의 연기력이 훨씬 출중했다거나, 그럼에도 불구하고 B가 배제된 이유는 출연한 영화의 흥행이 안 되었기 때문이며 상대적으로 신인인 A에게 수상함으로써 주최 측이 깜짝효과를 의도했다는 음모론에 이르기까지. 큰 시상식이 하나 끝난 후에는 주인 없고 책임 없는 '말, 말, 말'만 남아 강호를 어지러이 떠돈다.

　며칠 전 티브이를 통해 모 영화제를 보는 동안 계통 없이 떠올랐던 내 머릿속의 물음표들도 이런 투덜거림의 일종일 것이다. 첫 번째 의문. 왜 진행자로 꼭, 남자와 여자 커플을 기용하는 걸까? 이젠 제발 남녀 한 쌍을 이루어 서 있어야만 그림이 된다는 진부한 강박에서 벗어났으면 좋겠다. 똑 부러진 여배우 두 명이 공동사회를 보아도 좋고 (개인적 취향으로, 김혜수-김정은 커플을 추천한다) 제작자나 감독 등을 기용해도 새로울 것이다. (박찬욱-장진 커플이 진행하는 영화상 시상식을 상상하며 흐뭇해하는 나는 진정 머리에 총을 맞은 걸까?)

두 번째 의문. 각 부분마다 상을 주러 나오는 그분들. 역시 남녀 한 쌍으로 이루어진 그들은 대체 왜, 그토록 썰렁하기 그지없는 멘트를 어색하고 부자연스럽게 주고받아야 하는 걸까? 대한민국 최고의 남녀 배우들이, 외워서 말하는 사람도 참 쑥스럽겠다 싶을 만큼 진부한 대사를 교환하는 장면을 보면 괜한 닭살이 돋아 어디론가 도망가고 싶어진다. 뭐, 노골적인 자기 영화 홍보에 비하면 차라리 양반일지도 모른다. "제 옆에 계신 배우 A씨, 이번에 무슨 영화 찍으셨다고요? 정말 기대됩니다." "네. 제목은 ○○이고 내년 ○월에 개봉입니다. 좋은 영화입니다. 많이들 보러 와주세요." 아니. 당신들 여기 왜 나온 거야? 사람들은 지금 이 시상식의 하이라이트를 초조하게 기다리고 있다고!! 이쯤 되면 홍보에도 타이밍이 중요하다는 진리만이 뼈아프게 확인된다.

'트로피의 발가락 몇 개만 내 몫'이라던 배우 황정민, '호오가 갈리는 영화였지만 이 자리에서만은 모두에게 사랑받고 싶다'던 배우 이영애. 영화제 시상식에서 들은 인상적인 수상소감들이다. 이 두 가지 장면이 아직 뇌리에 각인되어 있다면, 그 순간 우리가 훔쳐본 것이 배우라는 직업을 가진 한 인간의 맨 얼굴이었기 때문일 것이다. 그 찰나의 공감을 다시 한 번 느끼기 위해, 투덜거리면서도, 나는 어김없이 다음 시상식을 기다린다.

사랑은
맹목일까

아, 이 사람아. 만화는 만화고, 드라마는 드라마지!

이 글은 참회로 시작하련다. "소녀장사 윤은혜? 캐스팅이 장난이냐. 주지훈은 또 누구야? 생짜 신인이 주인공이라니 너무하네. 천하의 황인뢰 피디도 이제 감을 잃은 건가." 시작도 하기 전에 이러쿵저러쿵 찧고 까불었던 건, 얇은 귀 때문이었다. 원작 만화를 읽은 이들이 일제히 드라마 〈궁〉의 주연급 캐스팅에 대해 극심한 우려를 표한다는 소문이 들려왔고, 만화도 안 읽은 주제에 나도 덩달아 부화뇌동했던 거다.

하지만 개종은 자발적으로 이루어졌다. 처음 1~2회에 "오호, 영상 괜찮네. 미술도 죽이잖아!"로 시작했던 감상이 회를 거듭하는 동안 스르르 변하여 어느새 '완전소중 궁'이 된 것이다. 취향에 대한 시비는 사절하겠다. 내가 〈궁〉에 불타올랐던 이유는 이 작품이 완벽한 드라마이기 때문이 결코 아니다. '성장'이라는 모티프에 유난히 매혹되곤 하는 나의 코드와, 그 드라마의 어떤 부분이 절묘하게 맞아떨어졌기 때문이다. 시간이 지날수록 누가 황위에 오르느냐보다, 그 아이들이 어떻게 팔짝거리며 스스로의 껍질을 깨나갈지가 훨씬 더 궁금해졌다.

사랑은 맹목일까? 채경과 신이라는 캐릭터를 윤은혜와 주지훈 없이 떠올리는 것은 나로서는 이제 불가능한 일이다. 내 소중한 만화 『궁』을 망쳐버린 드라마 〈궁〉을 용서할 수 없다는 분들께는 이렇게 말씀드리고 싶다. "아, 이 사람아. 만화는 만화고, 드라마는 드라마지!"

비단 〈궁〉에 국한된 문제만은 아니다. 알려진 원작을 영화나 드라마로 각색하는 경우, 맨 먼저 돌파해야 하는 과제가 '원작과 얼마나 똑같은지를 스스로 입증하는 것'일 때가 허다하다. 캐스팅에서부터 극본의 디테일에 이르기까지, 보는 사람도 만드는 사람도 '원작'이라는 유령에 단단히 짓눌려 있는 것처럼 느껴질 때가 많은 것이다. 그래서일까. 소설과 영화 혹은 만화와 드라마가 서로 전혀 다른 장르라는 근본적인 사실은 이상하리만치 자주 망각된다.

얼마 전, 내 단편소설을 원작으로 한 단막극이 방송되었다. 내 머릿속에서 나온 것이 틀림없는 그 내러티브를 정작 나 자신도 처음 대하는 듯 흥미롭게 시청했다. 방송이 나가고 나서, 주변사람들에게서 이런저런 질문을 많이 받았다. 각색에 불만이 없느냐는 내용이 주류를 이루었다. 조용히 고개를 저었다. 극본상에는 원작 소설에 없는 에필로그가 첨가되어 극 전체의 결론을 원작과 전혀 다르게 내리고 있었는데, 불쾌하기는커녕 '아하. 저럴 수도 있겠구나'라고 공감했던 것이다. 그리고 자막이 올라가는 동안 깨달았다. 감히 확언컨대 세상에는 원작보다 못한 각색은 있을 수 없다. 서로 다른 장르의 작품을 줄 세워 우열을 가릴 수 있는 객관적 척도 자체가 애초부터 존재하지 않는다. 그런 의미에서, 원작에 충실한 각색 아니면 원작과 다른 각색이 있을 뿐이다.

각색 작품의 완성도를, 원작에 대한 충실성에 따라 판단하는 것은 이제 그만했으면 싶다. 보는 이는 각색 작품의 자율성을 인정하고 그것을 하나의 독립적이고 개별적인 텍스트로 받아들여야 할 것이며, 만드는 이는 원작의 틀에 지나치게 연연하지 말고 원작의 모티프를 보다 다양한 방향으로 발전시켜 나가야 할 것이다. 원작의 숨겨진 틈새를 드러내고 새롭게 해석하는 시선이야말로, 그 작품을 비로소 진실로 새롭게 태어나게 하고 오래오래 기억되게 하는 힘임을 잊지 말았으면 좋겠다.

마음에 맞는 드라마를 발견한 사람들은 운이 좋다. 적어도 두어 달은 너끈히, 이토록 지루한 생을 활기차게 견뎌낼 수 있으니까.

비밀
프로젝트

작은 폭력을 더 큰 폭력으로 굴복시키는 방법은 옳은가

'나는 아이를 좋아하지 않는다' 라는 문장은 위험하다. 아이를 좋아하지 않는다는 말은, 곧 이기적이고 삭막할뿐더러 비인간적인 품성을 드러내는 것으로 여겨지는 탓이다.

그러나 어찌하면 좋으랴. 시험대는 도처에 널려 있다. 가장 자주 맞닥뜨리는 당황스런 시추에이션은, 귀엽고 해맑은 얼굴의 어린이가 공공장소에서 '난동' 수준의 땡깡을 피워대는 것. 음식점 홀을 육상트랙 삼아 엄청난 속도로 뛰어다니는 아이, 영화관 안에서 오 분에 한 번씩 "엄마, 여기 답답해, 나가자" 고 칭얼칭얼 졸라대는 아이가 이 도시 곳곳에 가득하다. 물론 그 정도는 약과다. 세상에는, 길 한복판에서 낯모르는 어른의 허벅지를 느닷없이 가격하는 아이도 있고, 갑자기 바지춤을 내리고는 비행기 복도에다 천연스레 '쉬' 를 갈기는 아이도 있는 것이다.

이 어린이들의 특징은, 일을 친 다음엔 아무것도 모른다는 듯 순진무구한 얼굴을 흐트러트리지 않는다는 것. 그리고 한마디 야단이라도 치자면 구원투수처럼 어디선가 홀연히 나타나 막아주는 든든한(?) 부모를 가지고 있다는 것이다. 괜히 커다란 어른 싸움으로 번지지 않으려면, 또한 '뭘 모르는' 아이의 작은 행동에 발끈하는 속 좁은 인간 소리를 듣고 싶지 않다면, 어린애들의 엔간한 소란 정도는 꾹 참고 넘어가는 것이 성숙한 시민의 태도라고 간주되어 왔다.

그런데 몹시 이상한 일이다. 어디서나 쉽게 발견할 수 있는 '타인에게 피해를 주는' 이 아이들이 그동안 텔레비전이나 영화 같은 대중매체 속에는 왜 절대로 나오지 않았던 걸까? 대중문화 속에서 재현되는 아이들의 모습은 대개 두 가지뿐이었다. 달콤한 동화 속에서 막 뛰어나온 것처럼 초롱초롱하고 맑은 눈망울을 반짝이는, 오동통하고 뽀얀 뺨을 가진 사랑스러운 아이. 그리고 주로 어른들의 극적 갈등을 유발시키는 대상이 되는, 가련한 희생양으로서의 아이.

드라마나 영화뿐 아니라, 오락프로그램 등에 등장하는 '현실의 아이' 이미지도 크게 다르지 않았다. god의 〈육아일기〉에 나왔던 잘생기고 순한 아기 재민이를 기억해 보라. 그러나 몇 해 전부터 이 오래된 약속을 와장창 깨버리는 프로그램이 방송되고 있다. 평온한 저녁 시간, 느긋하게 티브이를 켠 시청자들을 대혼란에 빠트린, SBS에서 꽤 오랜 기간 방송되고 있는 〈우리아이가 달라졌어요〉가 그것이다.

거친 욕을 툭툭 뱉어내는 아이, 누나와 엄마에게 발길질을 일삼는 쌍둥이 형제, 낡은 이불쪼가리에 집착하고 화나면 자해행위를 하는 아이를 보면서 시청자는 기막힘과 동시에 모종의 통쾌함을 느낄지도 모른다. ('역시 저런 이상한 애들이 세상에 존재한다는 건 나만 아는 비밀이 아니었어!') 그러나 이 프로그램이 내세운 거창한 목적은 아이들의 행태를 적나라하게 보여주는 그 자체가 아니다. 이 아이들의 문제점의 근원을 진단하여 해결책을 제시함으로써 제목 그대로 '달라진 모습'을 보여주겠다는 '훌륭한' 공적 의도를 가지고 있다.

그들의 행동은 '병'으로 규정되고, 그 원인은 가족 내부의 문제로 돌려진다. 부모의 잘못된 육아태도 탓이라는 거다. 또한 교화는 어른의 눈높이에서 진행된다. '발차기 브라더스'는 해병대로 보내 혹독한 훈련을 거쳐 부모님의 사랑을 깨닫도록 한다. 자해의 버릇이 있는 귀여운 소녀에게는 자기 머리통 대신 때릴 수 있는 모형 샌드백을 마련해 준다.

하지만 겉으로는 완벽하게 달성된 듯 보이는 어른들의 이 해결책이 정작 당사자인 아이들에게는 어떤지 잘 모르겠다. 작은 폭력을 더 큰 폭력의 구조 앞에 굴복시키는 방법, 자학을 가학으로 돌리게 만드는 방법 등이, 그 애들이 살아갈 길고 긴 삶에서 과연 어떤 성장의 계기가 될까? 어쨌든 이 프로그램이 출산율 저하를 위해 기획된 모종의 프로젝트라는 항간의 농담이, 가끔은 섬뜩한 진담처럼 느껴지기도 한다.

낮은
언덕배기들

지리멸렬하게 이어지는 현실의 시간에서 벗어나
완결된 구조 속에서 내 생의 불완전한 여백을 잠시 잊어버리고 싶은 거다

소설을 쓰다 보면 경이로운 순간과 맞닥뜨린다. 처음에 내 손으로 빚어놓은 캐릭터가, 서사가 진행되면서 조금씩 변해가더니 어느 순간 작가의 통제권을 벗어나버리는 것이다. 작중 인물이 스스로의 고유한 생명력으로 살아움직이는 모습을 느끼면, '어미' 입장에서는 대견하기도 하고 한편으로는 기가 막히기도 하다.

이를테면 이런 거다. 애초에 만들어둔 구성 안에 따르면, 주인공은 이 시점에서 분명히 동쪽으로 가야 한다. 그러나 그는 갑자기 제 갈 길을 알았다는 듯 뚜벅뚜벅 서쪽으로 떠나버린다. 왜 그러느냐고 눈물로 읍소해 봐도, 돌아오라고 바짓가랑이를 붙들고 늘어져봐도, 이미 제 운명의 패를 손에 쥐어버린 그는 작가를 흘낏 한 번 바라보고는 매정하게 제 길을 쭉 간다. 작가는 허둥지둥 그의 뒤를 쫓아간다. 그런데 신기하다.

결과적으로 보면 대개 그가 선택한 길이 그에게 더 어울린다.

요즘 드라마들은, 시청자의 의견을 반영하여 미리 정해둔 결론을 바꾸는 경우가 종종 있다고 한다. 시청자들은 드라마의 공식홈페이지 게시판에 글을 올리는 등 적극적인 방법으로 개입한다. "철수와 영희를 꼭 연결시켜 주세요." "아니 그게 무슨 소리! 영희의 진정한 사랑은 철수가 아니라 길동이란 말이에요." 철수와 길동이의 팬들은 서로를 째려본다. 마음을 못 정하고 갈팡질팡하는 영희에게 비난의 화살이 쏟아지기도 한다. 시청자가 미디어의 일방적인 수용자 입장에서 벗어나(벗어났다고 착각하는 건지도 모르지만) 미디어 제작자와 상호 커뮤니케이션을 나누는 모습이 흥미롭게 다가온다.

대중들이 원하는 결말이 일반적으로 '해피엔딩'이라는 점은 새삼스러운 것이 아니다. 이른바 '대중문학'과 '본격문학'의 가장 큰 차이점은 결말 부분에 있다는 분석을 들은 적이 있다. '근대 이전의 소설'과 '근대 이후의 소설'을 비교해 봐도 이 차이는 명확하다. 착한 이는 보답을 받고 나쁜 놈은 패가망신한다는 권선징악의 교훈이야말로 전근대소설의 대표적인 특징이 아니던가.

그럼, '해피엔딩'의 반대말은 '새드엔딩'일까? 글쎄, 꼭 그런 것 같지는 않다. 해피엔딩이 대중의 손쉬운 판타지라면, 비극 또한 현실과는 거리가 먼 강렬한 판타지라는 것을 저 수많은 뮤직비디오의 내러티브들이 증명하고 있기 때문이다. 총 맞아 죽고 교통사고로 죽고 불치병으로 죽는 뮤직비디오 속의 인물들은, 비장하고 간결하게 비극을 완성한다. 남

애기할 때가 아니다. 고백하자면, 드라마나 뮤직비디오의 시청자일 때나 역시 분명하고 딱 떨어지는 결론을 원하고 '열린 결말'에 괜히 힘이 빠지곤 하니까 말이다.

우리는 왜 그토록 극적인 결말을 희구하는가. 아마도 현실이 밋밋하고 구질구질하기 때문은 아닐까 싶다. 인생이 화끈한 '한 방'이 아니라 한없이 이어진 낮은 언덕배기들을 넘는 일의 연속이라는 것을 잘 알기에, 판타지 속에서만이라도 명료한 결론의 느낌을 대신 맛보고 싶은 거다. 지리멸렬하게 이어지는 현실의 시간에서 벗어나 확실하게 분절된 시간의 매듭을 느끼고, 빈틈없이 완결된 구조 속에서 내 생의 불완전한 여백을 잠시 잊어버리고 싶은 거다.

재미없지만, 다시 소설쓰기에 대한 애기로 돌아가 보자. 이상한 일이 하나 있다. 스스로 생명력을 가지게 된 소설 속 인물들은, 쉽게 행복해지거나 쉽게 불행해지지 않는다. 제 삶에 대해 절대자(작가)가 대신해서 인위적인 결정을 내리려고 하면, 온 힘을 다해 거부한다. 그들은 그저 자기만의 방식으로 살아 있으려고 한다. 행복이나 불행에 꺾이지 않고 운명을 만들며 가려 한다. 시청자로서의 우리가 아니라, 현실에서의 우리가 그렇게 살고 있는 것처럼……

별, 별,
별

나는 '별'이 무섭다. 요새도 그런지 모르겠지만 내가 다니던 시절의 국민학교 교사들은 숙제 검사를 하건 일기장 검사를 하건 틈만 나면 꼭 평가의 흔적을 남겼다. 그 흔적은, 바로 별이었다. 별 모양 도장이 몇 개 찍히느냐에 따라 아이들의 과제물은 다섯 개의 등급으로 나누어졌다. 별 다섯 개를 받은 아이와 별 한 개를 받은 아이 사이에는 건널 수 없는 강이 있다고, 그렇게 믿어지던 시절이었다. 매일매일 건실하게 써온 동생의 일기장을 원본 삼아 두어 시간 동안 뚝딱뚝딱 지어낸 내 한 달치 일기는, 자주 별 다섯 개를 받았다. 반면 이를 악물고 죽어라 열심히 그려간 포스터는 잘해봐야 겨우 별 두 개를 받았을 뿐이다. 별을 받아들 때면, 그 별점이 예상보다 높든 낮든, 가슴 한구석이 횡했다. 이유는 알 수 없었다.

밤하늘에 반짝이던 별은 언제부터인가 지상에 내려와 '점수'가 되었다. 요즘엔 특히 문화 텍스트를 평가할 때 유용한 방법으로 여겨지는 것 같다. 영화잡지의 지면이나 포털사이트의 영화 디렉토리, 인터넷서점의 독후감 난 같은 곳에서도 흔히 별들의 행진을 만나게 된다. 별보다 더 '두려운 건 '엄지손가락'이다. 별은 그나마 (대개) 다섯 등급이거나 하지, 엄지손가락이 의미하는 바는 딱 두 가지뿐이지 않은가. 올라가 있거나, 내려가 있거나. 즉 좋거나, 좋지 않거나!

이제, 좋다고 치켜올리거나 좋지 않다고 바닥을 가리키는 그 엄지손가락은 과연 누구의 것인가 하는 문제가 남는다. 극찬하며 다섯 개를 선사하거나, 야박하게 한 개를 때리는 별점 평가자에 대해서도 마찬가지다. 평론가 혹은 기자라는 직함을 달고 있는 그들. 똑같이 영화 한 편을 보았을 뿐인데, 평소 얼마나 내공이 쌓였으면 저렇게 확신에 찬 손가락질을 할 수 있는지. '별 한 개도 아깝다' 따위의 촌철살인(?)을 곁들일 수 있는지. 그 자신감과 용기가 부럽기도 하다.

그분들께 짧은 질문 하나를 드리고 싶다. 정말로 궁금해서 하는 말인데, 당신에게 '좋다'의 반대말은 '싫다'인가, '나쁘다'인가? 주지하건대 '싫다'와 '나쁘다'는 엄청나게 다른 말이다. '싫다'는 것은 주어의 주관적 감상을 전면에 드러내는 형용사이며, '나쁘다'는 것은 객관적 근거에 의거한 윤리적 판단의 표현이다. 타인의 문화적 텍스트에 대한 것이라면, '좋다'의 반대말은 당연히 '싫다'여야 한다는 것이 나의 소박한 상식이다. 그러니까 "그 영화 별로다"라는 문장의 앞뒤에 생략된 말은,

'나는' 과 '~라고 생각한다' 가 아닌가 말이다. 그런데 요즈음 세간에 넘쳐나는 '별' 과 '엄지손가락' 의 행진들을 보고 있으면 이 단순하고 자명한 상식에 의거한 신념이 뿌리째 흔들린다. 그래서 언제부터인가 비평 읽는 일이 두려워졌다. 내가 좋게 본 영화나 책에 대해서라면, 특히 그렇다.

물론 비평 또한 고유의 창작 영역에 속하는 게 틀림없지만, 내 주관적 견해로 말하자면 타인의 텍스트가 거기 존재하지 않는다면 애초에 있을 수 없는 게 비평가의 일이라고 생각한다. 그래서 부탁드린다. 제발 쉽게 가치판단하지 마시라. 당신의 판단 기준은 당신 눈에만 옳을지도 모른다. 계몽의 시대는 오래전에 지났으니, 부디 남을 함부로 가르칠 수 있다고 믿지 마시라. 텍스트 생산자는 당신의 '권위 있는' 한마디에 제 모자람을 깨닫고 회개하는 어린 양이 아니다. 문화 텍스트에는 정답과 중심이 없다. 그러니 무언가를 '읽는다' 는 행위는 어차피 오독을 한다는 뜻이다. 자기 취향을 이념화시키고 절대화시키는 비평이 아니라 '내 오독의 가능성' 을 겸손하게 인정하는 비평, 텍스트의 쉼표와 말줄임표, 숨결을 섬세하게 읽어주는 비평을 기다린다.

사각거리는 연필심 소리도 들려오지 않는다

혼잣말의
호흡

문자판을 누르다 말고 돌연 폴더를 확 닫아버리고 마는
바보스런 순간은, 어디에서 오는가

오늘 하루 내게는 모두 열여덟 통의 문자메시지가 도착했다. 마감을 독촉하는 편집자의 짜증 섞인 문자도 있고, 사흘째 야근이라는 후배의 투정어린 문자도 있으며, 택배를 경비실에 맡겨놓았으니 찾아가라는 택배 배달원의 사무적인 문자도 있다. 문득 심심할 때―주로 지하철이나 택시 뒷자리에서―메시지 수신함에 있는 문자메시지들을 하나씩 넘겨본다. 미처 지우지 못한, 혹은 차마 지우지 못한 문자들이 몇 개, 철지난 해수욕장의 비치파라솔처럼 거기 남아 있다.

아마도 일 년 중 가장 많은 문자를 받는 날은 생일일 것이다. 이번 생일 아침에도 여러 통의 메시지가 날아왔다. "추카추카. 좋은 하루 보내라. *^^*" 거의 2년 가까이 얼굴을 보지 못한 친구였다. 나는 곧장 답장을 날려 주었다. "고마워~ ^^" 2000년대, 우정의 알리바이는 이렇게 증명된다.

문자메시지가 발명되기 전에는 삐삐가 있었다. 바지 호주머니에, 허리춤에, 핸드백 속에 남녀노소 누구나 응급실 담당 의사처럼 무선호출기 하나씩 지니고 다녔다. 누군가에게 전할 말이 있을 때 그러나 어쩐지 껄끄러울 때 음성메시지 기능은 퍽 유용했다. '나의 말'과 '너의 말' 사이, 그 짧고 아득한 침묵을 참고 기다릴 이유는 없었다. 상대방 삐삐 번호와 2번 버튼을 연이어 누르고 잠시 숨을 고른 다음, '혼자' 말하면 되었던 것이다.

그런데 이제는 혼잣말의 호흡을 가다듬을 필요조차 없어졌다. 언제 어디서나—지하철에서도, 강의시간에도, 심지어 화장실에서도—내 마음을 실시간 전송해 줄 휴대폰 문자메시지의 시대가 도래했나니. 액정 화면이 여유 공간을 허락해 준다면 울거나(ㅜ.ㅜ) 웃어도(^o^)되고 윙크(^.~)를 덧붙여도 좋다. 이 새로운 통신방식은 음성보다 발랄하고 가벼운 문자의 시대를 연 것처럼 보인다. '소리'에 비해 '문자'가 보다 고착적이며 성찰적이라던 기존 관념은 어느새 슬그머니 전복된 것 같기도 하다.

그런데, 정말로 그런가. 한 자 한 자 꼭꼭 문자판을 누르다 말고 돌연 폴더를 확 닫아버리고 마는 바보스런 순간은, 어디에서 오는가. 형식이야 어떻든, 전언傳言은 정녕 마음 복잡한 곳의 영역인 것을.

푸줏간에
내걸리기

누구나 사진을 찍고 복제하고 전시할 수 있는 요즘,
이미지에 대한 특권은 빠르게 해체되고 있다

몇 해 전 디지털 카메라를 처음 구입하고 나서 제일 먼저 파 무침을 찍었다. 그다음엔 쟁반 가득 담겨 나온 생고기를 찍었고, 이어서 불판 위에 익어가는 고기와 그것을 뒤집는 젓가락을 찍었으며, 알맞게 구워진 고깃점을 입에 넣는 친구들의 만족스런 표정도 찍었다. 메모리 카드 안에는 모두 열두 장의 이미지가 저장되었다. 밥을 다 먹고 난 일행은 카메라를 동그랗게 둘러쌌다. "이건 흔들렸어." "지워." 삭제는 간편했다. 취사선택된 넉 장의 이미지는 노트북 '오늘의 일기' 폴더로 옮겨졌다. '제목: 2002.12.1'의 이 파일은 곧 일행 모두의 이메일로 전송되었으므로, 이제 우리는 빈틈없이 똑같은 기억을, 영원히 공유하게 되었다.

갤럽에 의하면 2007년 현재 우리나라의 디지털 카메라 보급률은 60%가 훌쩍 넘는단다. 그동안 어떤 이미지를 생산·가공하고 인쇄하거나 보급하는 일은 전문가들의 영역으로 간주되어 왔다. 보통 사람들은 그저 이미지의 소비자에 지나지 않았다. 그러나 휴대가 쉬운 디지털 카메라가 무서운 속도로 보급되면서 사정은 판이하게 변했다. 카메라를 들고 다니는 사람 누구나 자신이 찍은 사진을 단 몇 번의 클릭만으로 인터넷에 띄워 불특정 다수와 공유할 수 있게 되었다. 이미지에 대한 특권은 빠르게 해체되어 버렸다.

그 자리를 대체하는 것은 사적 공간의 전시 욕구다. 오늘 먹은 음식, 내 애인 얼굴, 내 책상 위, 셀프 누드까지 클릭 한 번으로 마주치게 되는 타인의 사생활. 현대인들은 대상을 전시함으로써 비로소 그것에 대한 제 소유권을 확인하는지도 모르겠다. 축복인지 재앙인지 알 수는 없지만 어쨌든 오늘도 기꺼이 '나'는 '나'를 찍어 푸줏간에 내건다.

구태의연한
호명

네티즌 여론 = 국민 여론?

대부분의 현대인이 그렇듯 아침에 눈을 뜨면 나도 먼저 컴퓨터의 전원을 켠다. 윙윙 윈도 부팅 소리를 들으며 하루를 시작한다. 인터넷을 하루에 대략 얼마나 사용하는지에 대해서는 밝히지 않겠다. (원고 마감을 목 빠지게 기다리는, 친애하는 나의 편집자들의 가슴에 비수를 꽂고 싶지는 않다.) 어쨌거나 대한민국 국민의 평균 인터넷 사용시간보다 짧지는 않으리라고 조심스레 진단해 본다.

언제부터 인터넷의 바다를 헤엄치기 시작했는지는 정확히 기억나지 않는다. 그러나 '통신'의 세계라면 93년에 처음 입문했다. 본격적으로 불타오른 건 94년 나우누리가 설립되면서부터다. 그때나 지금이나 '오픈 기념, 한 달 무료이용권 증정'의 효과는 엄청나다. (믿어지는가? 통신 서비스를, 돈 내고 이용하던 시절이 있었다니!) 무료이용자에서 유료이용자로 전환신청을 하면서 망설이지 않은 까닭은 이미 그곳에서 새로운 친구들을 사귀었기 때문이다. 그 시절, 밤이면 밤마다 (전화국에서 무료로 대여해온) 단말기 앞에 웅크리고 앉아 나는 '통신'을 했다. 동호회 게시판에 글을 올리고, 채팅을 했으며, 친구들을 만나고, 인생을 배웠다. 세상에 이런 쌍방향 문자 커뮤니케이션의 세계가 존재한다는 것이 그야말로 벼락같은 충격이었다.

뭐, 이만하면 나의 '넷net 역사'도 어디 가서 꿀리지 않을 만큼은 된다. 그런데 아직도 이해할 수 없는 용어가 하나 있으니, 바로 '네티즌'이다. 배운 게 도둑질이라고, 아쉬울 때는 역시 네이버로 달려간다. 네이버 백과사전에 따르면 네티즌은 "시티즌과 네트워크의 합성어이며 (중간 생략) 하우번Hauben이라는 사람에 의해 처음 소개된 개념"이라고 한다. 하우번에 의하면 단순히 통신망을 도구로 활용하는 사람은 네티즌이 아니란다. 통신망에 대한 공동체적 관점을 가지고 온라인 공동체를 형성하는 문화적 활동 주체가 바로 네티즌이라는 거다. 아, 어렵다.

그렇다면 지금 대한민국에서 네티즌이란 과연 어떤 집단일까. 언뜻 들으면 네티즌은 대한민국의 주인인 동시에 오피니언 리더인 것처럼 느껴진다. 자, 다음의 문장을 보자. '가수 L의 뮤직비디오가 네티즌들의 뜨거운 관심을 받고 있다' 또는 '네티즌, 정치인들에게 야구정신을 배우라고 충고하다.' 여기서 주어가 되는 네티즌은 대관절 누구란 말인가. 나는 물론이려니와 내 주변에서도 그런 의견을 가진 인간들은 하나도 보지 못했는데? 사방에서 네티즌이 어쩌고저쩌고 했다는 풍문만 요란히 들려올 뿐, 정작 네티즌의 실체에 대해서는 아무도 관심이 없는 듯 보인다.

네티즌 여론이라는 게 실재하는지도 의문이지만, 주류언론에서는 그동안 아무런 성찰이나 고민도 없이 '네티즌 여론＝국민 여론'의 개념을 사용해온 게 아닐까 의심스럽다. '국민들은'이나 '시민 반응은'보다는 '네티즌들은'이라고 시작하는 편이 좀 '있어' 보이기는 하겠지. 그러나 아무리 그렇다 해도, 실체도 모호한 '네티즌'이라는 단어를 제 입맛과 필요에 따라 마음대로 호명해댈뿐더러, 결정적인 순간에는 그 뒤에 숨어 네티즌에게 책임을 덮어씌우는 저널의 태도는 아무래도 의심스런 데가 있다.

인터넷은 이미 우리 생활 깊숙이 진입하여 일상의 자연스러운 한 부분이 되었다. 옆집 영이 할머니도, 뒷집 돌이 할아버지도, 다들 이메일 주소와 미니홈피 하나씩 가지고 있는 세상이다. 인터넷 이용자 수는 못해도 수천만 명일 것이다. 수천만의 인간들이라면 수천만 가지의 의견을 가지고 있는 것이 당연지사다. 하지만 아직도 '네티즌'이라는 구태의연한 호명 아래 그들의 사유를 패턴화시키는 데 급급하다는 건 난센스다. 자신들의 주장을 뒷받침해줄 만한 내용을 요령껏 긁어다가 네티즌 의견이랍시고 들이미는 저널의 행태 때문에, 우리나라 네티즌들은 언제나 '열광'하거나 '비난'하는 집단으로 비춰지는 게 아닐까. 거리를 걸어가는 저 수많은 행인들 하나하나가 다 그렇듯이, '네티즌'은 그렇게 단순하거나 단일한 존재가 아니다.

손님의
눈길

우리의 자유와 소통이 그 시스템의
수익과 깊이 연계되어 있음은 쉽게 간과된다

작업실엔 두 대의 컴퓨터를 두었다. 한 대는 노트북이고, 또 한 대는 데스크 탑이다. 데스크 탑에는 아예 인터넷을 연결하지 않았다. 마감이 코앞인데, 소설은 딱 한 줄 써놓고서 인터넷의 망망대해를 떠돌아다니다 보면, 어떤 작가라도 그 정도 자기방어 요령은 가지게 된다.

그래도 나는 꿋꿋이 노트북 앞에 앉곤 한다. 마감 때면 더더욱 잦은 빈도로 인터넷 익스플로러를 클릭한다. 초기화면은 네이버. 모니터 한가운데 이 시간 주요뉴스의 제목들이 주르륵 떠 있다. 습관처럼 빠르게 훑어본다. '올해 수능 어려울 듯,' '톱스타 비디오 진짜 있나,' '당뇨 환자는 면허 못 딴다?,' '당신이 알고 싶은 승무원 세계의 모든 것,' '동물원 탈출한 늑대 잡혀.' 한 줄짜리 제목으로 요약된 뉴스들이 그야말로 계통 없이 나열되어 있다. 대부분 연성軟性이다.

자극적인 흥미를 끄는 제목들과 달리 막상 자세히 읽어보면 아직 확정되지 않은, 혹은 확실하지 않은 '~카더라' 성 소식이 상당수다. 예컨대 '당뇨환자는 면허 못 딴다?' 는 뉴스의 실제내용은 "경찰이 당뇨, 무호흡증, 심장질환 등 질병을 가진 이들에 대해 운전면허 발급을 제한하는 방안을 검토키로 해 논란이 예상된다"는 것이다. 급히 제목만 본 누군가는 벌써, 당뇨환자들에게 면허취득을 허용치 않는 법안이 통과되었다고 여기저기 소문내었을지도 모를 일이다. 이 정도는 약과다. '영화배우 K양-L군 심야 밀회' 같은 제목을 클릭해 보면 '인터넷 뉴스 월드' 의 특징이 더욱 확연히 드러난다.

당사자의 실명조차 알파벳 이니셜로 표기할 만큼 불확실한 정보들로 가득하지만 아랑곳없이 기사 하단에는 일반이용자들의 리플이 두릅에 엮인 굴비처럼 주르륵 달려있다. '사이버 정체성' (ID)으로 무장한 네티즌들은 K양이 누군지 밝히는 소위 '이니셜 놀이'에 한창이다. 마침내 범위가 좁혀지고 K양으로 추측되는 여배우의 이름이 언급된다. 한번 완성된 추리는 곧 진실 아닌 진실로 둔갑하여 인터넷의 바다를 타고 부유할 것이다. 그녀가 당사자가 아닐 가능성, 그 뉴스 자체가 풍문을 채집하여 재구성된 허구일 가능성, 타인의 사생활 침해의 가능성 등에는 아무도 관심을 두지 않는다. 아무래도 상관없을 것이다. 초고속 인터넷 시대의 뉴스는 어차피 네트워크 속도만큼이나 신속하게 전달되고 빠르게 잊히므로. 이 시대에 사실성과 객관성보다 더 중요한 것은 뉴스의 '오락적 기능' 이다.

인터넷에서 뉴스는 손님의 눈길을 끌기 위해 과대 포장하여 진열된 좌판의 물건 같아 보이기도 한다. 어쩌면 인터넷 뉴스의 공급자—뉴스 생산자인 미디어와 뉴스 재배열자인 포털사이트—들 스스로 원하는 바도 그것일지 모른다. 현안의 심각성이나 중대성보다 '얼마나 시선을 끄는가' 그리하여 '얼마나 읽었는가'가 훨씬 중요한 가치다. 상품구매자의 구매욕을 자극하기 위해 더욱 가볍고 재미있는 뉴스만을 선별하여 제공하는 악순환이 반복된다. 인터넷 이용자들이 온라인상에서 누린다고 생각하는 '자유,' 그리고 게시판 등을 통해 여론 형성에 참여하고 믿는 '소통.' 그것들 뒤에 어떤 특정한 자본의 논리가 존재하고 있으며 우리의 자유와 소통은 그 시스템의 유형, 무형적 수익과 깊이 연계되어 있다는 사실은 쉽게 간과된다.

이런 구조 속에서 뉴스뿐 아니라 세간의 관심이 점점 빠르게 전환되는 것은 필연적이다. 하나의 뉴스가 우리에게 던지는 메시지에 대해 차분히 성찰할 시간 따위는 주어지지 않는다. 오늘도 '한글2007' 대신 모니터 가득 네이버를 띄워 두고 클릭질을 해대며, 나는 불평한다.

우연이
아니다

한 명을 짓밟아야만 지탱되는 공동체는,
끔찍하다

'왕따'라는 단어가 등장하기 전에도 왕따는 존재했다. 내가 학창 시
절을 보낸 80년대에도 새 학년이 시작될 때마다 어김없이 한 반 구성원
모두의 놀림감이 되거나 무시를 당하는 소수의 아이들이 생겨나곤 했
다. 중3 무렵의 어느 지루한 오후, 국어시간이었다. 아이들 더러는 졸고
더러는 멍하니 창밖을 내다보고 있었다. 수업을 멈추고 국어 교사가 제
안했다. "잠도 깰 겸 누가 일어나서 큰소리로 교과서를 읽으면 좋겠구
나. 자, 너희들이 한번 추천해 봐라." 그러자 교실 뒷좌석에서부터 킬킬
대는 웃음소리가 퍼졌다. 누군가가 소리쳤다. "A요. 저희 반에서 A 목소
리가 제일 좋아요." 나는 귀를 의심했다. A는 평소 심하게 말을 더듬어
놀림거리가 되곤 하던 친구였기 때문이다.

그때 그 아이가 읽은 내용이 무엇이었는지는 잊었지만, 더듬더듬 책

을 읽어 내려가던 그 아이의 벌겋게 달아오른 귓불과, 기묘하게도 갑자기 활기차게 변해가던 교실 분위기는 생생히 떠오른다. A가 가쁜 숨을 몰아쉬며 자리에 앉자마자 또 누군가가 소리쳤다. "선생님, 이번에는 B요, B도 잘 읽어요." 아아, 그 아이 B는 '공부도 못하는 주제에 잘난 척한다'는 이유로 반 아이들에게 은근한 따돌림을 당해오던 친구였다. B가 거의 울 듯한 음성으로 교과서를 읽는 동안 내 가슴은 두근두근 주체할 수 없이 떨려왔다. 그다음 차례는 누가 될 것인가? 혹시 만인의 왕따로 지목되는 것이 나는 아닐까?

이 모든 상황이 몹시 부당하다는 생각이 들었지만 어쩔 도리가 없었다. 다음 차례로 또 한 명의 공인된 왕따, 학교 전체에서 제일 뚱뚱한 C가 지목되자 나는 진심으로 안도했다. 그날 나는 '우리' 속에서 안전했다. 그리고 비겁한 공범이 되었다. A와 B와 C가 아무런 잘못도 하지 않았다는 것은 그날의 무심한 가해자들이 제일 잘 알고 있을 것이다. 피해자들은 다만 또래집단의 평균적인 모습과 아주 조금 달랐을 뿐이다.

공동체 내부에서 폭력을 막기 위한 최선의 방법은 모두가 합심하여 화해의 희생양 하나를 정하는 것이라고 냉소적으로 분석한 사람은 프랑스의 문학평론가 르네 지라르였다. 즉 공동체 구성원들이 '우리'라는 범주 안에서 더욱 단단한 결속감을 다지기 위하여 하나의 만만한 대상을 정해 '다대일多對一'의 폭력을 가한다는 것이다. 그 배제와 결탁의 시스템에서 사회 전체의 폭력성이 희생양 개인에게 집중되고, 결과적으로 사회는 나름의 안정과 질서를 유지하게 된다. 심각한 왕따 문제가 학교

와 군대 등 외부로부터의 억압이 상대적으로 더한 공간에서 주로 발생하는 것은 우연이 아니다. 한 명을 짓밟아야만 지탱되는 공동체는, 끔찍하다.

언제였더라, 중학생들 몇이 소위 '왕따 동영상'을 찍어 인터넷에 올렸고 그 파문의 여파로 교장이 자살하는 사건을 접한 기억이 난다. 사건 직후 새삼스레 교실의 왕따 문제에 세간의 관심이 쏠렸다가 곧 사라졌다. 분명한 것은 학생들 간의 집단 따돌림 문제가 단순히 가해학생 개인의 삐뚤어진 심성에서 기인한 것이 아니라는 사실이다. '나'와 다른 남을 용납하지 않고 획일화된 '우리' 안에 속해야만 제 정체성을 확인할 수 있는 사회. 희생양에 대한 폭력으로, 구조의 폭력을 속이는 사회. 아이들이 흉내 내는 그것은 바로 어른들의 부끄러운 자화상이다.

키덜트
월드

키워드는, '쾌락'과 '유희'다

'디카'를 갖고 나서 알게 되었다. 그 용도가 사진기가 아니라 '장난 감'에 가깝다는 사실을. 이미지를 무차별적으로 찍은 다음 골라서 컴퓨터로 옮기어 편집하는 일. 그리고 인터넷 익스플로러에서 그 사진들을 불러와 친구들에게 메일로 보내기도 하고, 싸이월드나 개인 블로그에 전시하는 일. 그 일련의 과정을 위해 우리는 기꺼이 적지 않은 양의 시간자원과 노동자원을 투여하지만 실제 그를 통해 얻게 되는 이익이란 전적으로 정신적인 차원에 국한되어 있다. 이를테면 이런 것이다. "밥이 나오니, 떡이 나오니, 그 짓을 왜 하는 거니?" 진지하게 묻는 상대방을 향해 뒤통수를 긁적이며 멋쩍게 대답하는 것. "글쎄…… 즐거우니까!"

나는 언제 다시 어린 시절로 돌아가고 싶은가. 어린 시절로 돌아가고 싶은가. 돌아가고 싶은가. 이런 주제에 대해 곱씹어보다가 왠지 좀 의아해졌다. 어른이 된 다음에 한 번도, 어린 시절로 돌아가고 싶다고 갈망해 본 적이 없었던 거다. 보다 솔직하게 말하자면 나는 유년 시절로 절대로 돌아가고 싶지 않다. 특별히 경제적으로 어려웠다거나 정서적인 문제가 있었던 것은 아니다. 또래집단의 객관적 평균과 비교하여 극히 평범한 환경에서 성장했음에도, 유년 시절은 나에게 알록달록 '해피월드'로만은 기억되지 않는다.

동심이란 흔히 맑고 깨끗하며 거짓을 모르고 마냥 순수하다고 정의 내려진다. 그러나 실제로는 어땠던가. 여덟 살 때에도, 열두 살 때에도 내 마음속에서는 순간순간 갖가지 욕망들이 실뱀처럼 꼬물꼬물 기어나와, 어린 나를 시험에 들게 하였다. 친구가 먹는 사탕을 나도 먹고 싶었고, 친구가 가진 바비인형을 나도 가지고 싶었고, 친구가 신은 나이키 운동화를 나 역시 신고 싶었다.

어린 시절의 욕망이란 그렇게 체계도 없고 끝도 없으므로 오히려 더 절실한 법이다. 아이들은 거대한 욕망투쟁의 장場인 이 세상에 대해 채 면역력을 갖추지 못하였고, 한번 좌절할 때마다 사금파리 조각에 손등을 긁힌 듯 마음에 상처를 입는다. 그리고, 부글대는 욕망을 그대로 외부로 끄집어내 표출하는 것은 위험하고 불가능한 꿈이라는 사실을 조금씩 깨달아가면서 서서히 나이가 든다. 현실과 욕망 사이의 괴리를 인정하고 포기를 배우기 시작한다는 뜻이다.

요즈음 곳곳에 키덜트kidult들이 넘친다는 얘기가 들려온다. 어덜트 adult가 되었음에도 키드kid의 감성을 추구한다는 게 이들의 특성이라고 한다. 미키마우스가 그려진 티셔츠를 입고 다니는 사람, 자동차 핸들에 헬로우 키티 핸들커버를 덮어씌운 사람, 건프라를 수집하는 사람 등등. 애써 찾지 않아도 주변에서 흔히 볼 수 있는 이들이 키덜트라면, 그들을 향해 진지한 질문을 던져볼 수 있겠다. "떡이 나오니, 밥이 나오니, 그 짓을 왜 하는 거니?" 그들은 언젠가 내가 그랬던 것처럼 멋쩍게 뒤통수를 긁으며 대답할 것이다. "글쎄…… 즐거우니까!"

나는 키덜트의 본질이 오해받고 있다고 생각한다. '순수했던 어린 시절의 잃어버린 추억에 대한 보상심리' 때문에 우리가 디카에 집착하고, 건프라를 조립하고 각종 캐릭터 상품을 구매하는 것이 아니다. 키워드는, '쾌락'과 '유희'다. 과거 생산적인 가치로 치환되는 행위만을 인정하던 사회가 점차 다원화되면서 그동안 수면에 잠겨 있던 개개인의 취미와 도락이 물 위로 떠올라 다양한 방식으로 계발되어지고 있는 것이다. 그러니, 키덜트가 유년 시절로 돌아가고 싶다는 퇴행의 욕구라고 진단하는 것은 지나치게 단순한 감이 없지 않다. 키덜트적 취미 애호가들이 그것을 정신의 문제라기보다는 소비의 문제로 체화하고 있다는 측면에서 그럴뿐더러, 이미 자신의 욕망을 적정선에서 관리 제어하는 방법을 터득하고 있는 어른들이 온전히 '그때'로 되돌아가는 것은 결코 불가능하기 때문이다.

하긴, 과거의 즐거웠던 기억만을 환기함으로써 피곤하고 복잡다단한 현실을 잠깐 잊고 싶다는 소박한 꿈이 누구에겐들 없겠냐마는. 그리고 그 정도가 무슨 '죄'가 되겠냐마는.

당신
몇 살이야?

결국 공평하게 먹게 되는 그것에 주눅 들지 말자

인정할 건 인정하기로 하자. '나이'라는 단어에 대해 민감하게 반응하는 당신, 나이 든 것 맞다. 적어도 나이 들어가고 있는 것만은 확실하다. 나는 72년생이다. 우리 나이로 서른여섯. 그러나 아직 생일이 안 지났으니 만으로 서른네 살이라고 박박 우기며 살아간다. 혈기 넘치고 팔팔한 이십대 후배들이 '언니, 여기는 한국이에요. 구차하게 왜 그러세요. 억울하면 이민 가시든가요'라는 표정으로 바라본다는 것 잘 안다. 할 수 없다. '흥, 너희는 천년만년 그 나이일 줄 아냐' 마음속으로 응수하는 수밖에. 그런데 이런 얘기를 선배들 앞에서 했다가 맞아죽는 줄 알았다. '너, 지금 누구 놀리는 거냐?'

그렇다. 우리는 누구나 나이 때문에 손해 본다고 생각하며 살아간다. 나이에 대한 설움이 예전에는 주로 ('머리에 피도 안 마른 것이 어디서 감

223

히?'로 요약되는) 장유유서의 전통과 관련되어 있었다면, 언제부터인가 상황이 묘하게 역전되기 시작했다. 요즈음 나이를 둘러싼 권력관계에서 확실히 젊음은 권력을 의미하는 말로 들린다. 그 뒤에는, 아무도 차마 입 밖에 내지는 못하지만, '늙음은 열등한 것이다'는 전제가 그림자처럼 포개져 있는 듯하다. 처음 만나는 이에게서 나이보다 젊어 보인다는 말을 들었을 때 가장 기쁘다는 여론조사 결과가 괜히 나온 게 아니다.

아저씨아줌마의 연령대로 낙인찍힌 이상 젊은 애들 틈에서 무얼 해도 조롱거리 취급을 받는다는 푸념도 흔하다. 부하직원들과 노래방에 가서 옛날 노래를 부르면 '역시 어쩔 수 없는 아저씨야'라는 시선을 받는 것 같고, 애들 분위기 맞추려고 신곡을 부르면 '주책 맞다'고 눈총받는 것 같아서 서럽다. 패션도 마찬가지다. 최신유행에 맞는 옷을 입고 나가면 '쯧쯧, 어려 보이려고 발악을 하는군'이 되고, 그렇다고 유행을 무시하고 살자니 '저 촌스러운 감각 좀 봐'라는 수군거림이 들려오는 것 같아서 두렵다는 거다.

한국인들은 왜, 나이에 관해 이렇게 예민한 자의식을 가지고 있는가. 타인의 시선을 따갑게 의식하는가. 그것은 보다 구조적인 문제에서 기인한다고 생각한다. 우리는 '나이'라는 기준선을 중요하게 설정하고, 그에 맞추어 한 개인의 존재를 규정하는 제도적 현실을 살아가고 있다. 그 사람 자체의 인성이나 능력으로 평가하기보다는 우선 출생 연도로 판단하는 것이다. 또한 현재의 한국은 속도전의 사회다. 어떤 분야든, 새롭고 얇고 가벼운 것에 지나치게 열광한다. 천천히 몸으로 삶의 경험을 체

득해온 '성숙한 인간'은 부담스럽기만 하다. '젊음'이 후딱후딱 남김없이 소모당한 뒤에 곧 용도폐기 당해 버리는 경우는, 그러나 또 도처에 얼마나 흔하게 널려 있는가.

이제 부디 '당신 몇 살이야?'는 질문으로 사람 기죽이지 말자. '낫살깨나 드신 분이 왜 이러시나'와, '어린 게 뭘 안다고 까불어'는 결국 같은 맥락에 놓인 말이다. 서른둘이거나 서른넷이거나, 혹은 마흔둘이 되고 쉰네 살이 되어도 어차피 나는 나다. 앞으로는 나를 좀 자유롭고 편안하게 내버려두고, 다만 '차별하는 사회'에 칼날을 겨누어야겠다. 그까짓 나이, 누구나 결국 공평하게 먹게 되는 그것에 주눅 들지 말고.

우리
오빠

팬클럽 소녀들에게 들려주고 싶은 말

나는 끊임없이 '오빠'를 좋아하는 아이였다. 오빠는 자주 바뀌었더랬다. 중학교 1학년 때는 대학농구계의 기린아 허재 선수가 사랑하는 나의 오빠였으나, 2학년이 되면서는 별밤지기 이문세가 그 자리를 차지했다. 그놈의 취향 한번 다양하기도 하지. 온몸으로 고독한 반항아의 포스를 풀풀 풍겨대던 최재성 오빠에서부터, 순박한 홑꺼풀 눈을 끔뻑이며 노래하던 변진섭 오빠에 이르기까지. 전형적인 꽃미남과는 거리가 멀다는 것이 유일한 공통점일까, 십대 시절 내 사랑을 받았던 그 오빠들에게서 어떤 일관성을 찾아낸다는 것은 불가능에 가깝다. (심지어 그 사랑은, 이상은 '언니'에게도 뜨겁게 타올랐다.)

'친구 따라 강남 가는' 일도 왕왕 일어났다. 친구가 좋아하는 스타를 괜히 따라 좋아하게 되는 경우 말이다. 한 임금을 섬기는 충신의 심정으로 열과 성을 다해 한 명의 스타를 좋아하고 각종 정보를 공유하다 보면, 남들은 모르는 우리만의 끈끈한 우정이 샘솟는 느낌이었다. 원래는 별로 가까운 사이가 아니었으나, 공통의 스타를 사모한다는 이유만으로 가까워진 친구 사이도 있었다. 나만의 오빠가, 드디어 '우리 오빠'가 되는 순간이다.

이 관계가 좀 더 넓게 확대된 것이 팬클럽이 아닐까 싶다. 팬클럽은 스타를 추종하기 위해 존재하는 듯하지만, 실제 그 조직의 내부를 들여다보면 나름의 자율적 체계를 가진 크고 작은 공동체를 이루고 있다. 자발적 의지로 모인 다양한 사람들이 원활한 활동을 위해 조직도를 짜고 중지를 모으고 구체적인 내규를 만드는 것이다. 또한 그 과정에서 일어나는 문제점들을 스스로 규제하고 정화하기도 한다. 소녀들이 중심이 된 '오빠부대'거나, 20~30대 이상의 여성들이 주로 활동하는 '누나부대'거나, 스타를 떠나서도 팬클럽 회원들끼리 인간적인 교감을 나누고 팬클럽 활동을 통해 삶의 즐거움을 얻는다는 면에서는 별 차이가 없을 것이다.

그런데 이들의 행동은 자주 '팬질'이라는 표현으로 무시되고, 이들은 '빠순이'라는 이름으로 명명된다. 애써 해석하자면 '주구장창 오빠를 외치는 계집애들' 쯤으로 번역되어질 그 단어는 노골적으로 모욕적인 뉘앙스를 품고 있다. '빠순이들'에 대해 지나친 혐오를 드러내며 집단 공격을 가하는 모습은 인터넷상에서 흔히 볼 수 있는 것이다. '안티 빠순 세력'의 논리는, 자본이 만들어낸 상품일 뿐인 일부 아이돌 스타의 소녀

팬들을 중심으로 벌어지는 과격하고 배타적인 '팬질'이 '업계의 올바른 질서'(뭐 이런 게 실제로 있는지는 잘 모르겠지만)를 어지럽힌다는 것. 그 뒤에는 어쩌면 '뭣도 모르는 어린 여자애들이 잘났다고 나대는 꼴'이 보기 싫다는 심리도 어느 정도 섞여 있을지 모른다.

그렇다고 해서, 죄라고는 단지 '우리 오빠'를 너무 사랑하는 것뿐인 소녀 팬들의 취향 자체에 대해 부정하고 폄하할 위치에 있는 사람은 아무도 없다. "어떤 음악 좋아하세요?"라는 질문에 좀 있어 뵈는 뮤지션들의 이름을 줄줄이 답해야 '가오'가 산다고 여기는 허위의식에 비한다면, 자신이 진짜 좋아하는 것에 대해 순수한 열정을 쏟아붓는 그들의 태도가 훨씬 정직하게 느껴지기도 한다. 그래, 좋다는데 어쩌겠는가. 타인의 사랑에 대해 간섭할 권리는 누구에게도 없다. 그러니, 남의 취향 '빠순이'로 매도하지 말고 저마다들 자신의 취향이나 잘 지켜나가자.

그리고 이 말은 반대로 팬클럽 소녀들에게 들려주고 싶은 것이기도 하다. 내 것이 소중하다면, 남의 것도 소중하다. 이 사람이 나의 별이라면 저 사람 또한 누군가의 별일지니, '우리 오빠'를 지키기 위해 '남의 오빠'를 걸고넘어지는 행동은 부디 하지 말기로 하자. 타인에게 해를 가하지 않고도 내 사랑을 더욱 뜨겁게 불태우는 방법은 얼마든지 있다. 조용한 사랑법을 한번 찾아보자는 것. 그것이 한때 누군가의 '빠순이'였던 이 언니의 자그마한 당부다.

희미한
불빛

제 안에서 들끓는 길의 침묵을 울면서 들어야 할 때

나는 교실 한가운데 앉아 있다. 사방은 정적에 싸여 있다. 사각거리는
연필심 소리도 들려오지 않는다. 똑같은 옷을 입은 수십 명의 여자아이
들이 고개를 푹 숙인 채 책상 위에 눈을 박고 있다. 내가 대한민국 고3이
라는 사실을 깨닫는 순간, 설명할 길 없는 공포가 심장을 짓누른다. 십
오 년 가까이 지났는데 아직도 가끔 그 시절의 꿈을 꾼다.

요즘엔 대학 입시 전형방법이 꽤 다양해졌나 보다. 재작년이던가, 영
화배우 문근영 양의 대학 합격 소식 때문에 시끌시끌했을 때 자기추천
자 전형이라는 이름을 처음 들었다. 언뜻, '설마 자기가 자기를 추천해
서 대학에 들어간다는 건 아니겠지?'라고 생각했는데, 그게 맞는단다.
순간 좀 이상한 기분이 들었던 건, 겸손을 미덕으로 알라고 배워온 한국
적 교육 탓도 있겠다. 반장선거나 인기투표에서 자기 손으로 자기 이름

써내는 아이들에게 (속으로는 부러워할망정) 뜨악해지던 심리와 비슷하다고 할까.

그러나 한편으론, 잘만 하면 합리적인 입학 전형방식 중 하나가 되겠다 싶기도 하다. 특정한 분야에 뛰어난 능력이 있는 학생이나 다양한 특별활동에서 두각을 보인 학생이 응당 존중받아야 된다는 논리에서만은 아니다. 스스로의 이름을 걸고 자기 자신을 팍팍 밀 수 있을 만큼의 자신감과 '깡'을 가진 사람이라면, 대학생활뿐 아니라 무얼 해도 치열하게 잘할 것 같다는 막연한 예감에서다.

물론 나는 잘 알고 있다. 이렇게 강 건너 불구경하듯 편안하게 말할 수 있는 건, 내가 수험생이 아니기 때문이라는 것을. 매우 솔직하게 말하건대, 만약 내가 수학능력시험을 치른 입장이었다면, 그리하여 대학입시에 반드시 성공해야 하는 절박한 상황에 놓여 있다면 더 예민하고 신경질적인 반응을 보였을 확률이 높다. 합격생들이 그 전형에 합격할 만한지에 대해서라면 나는 뭐라고 판단내릴 수 있는 위치가 아니다. 이상하게도 나는 오히려 문근영 양의 대입 합격을 둘러싸고 감정적으로 격앙된 모습을 보이는 그 또래 다른 학생들에 대해서 자꾸만 마음이 쓰인다.

그들이 인터넷 게시판 등을 통해 쏟아내는 글들에 전적으로 동의할 수는 없지만, 왜 그렇게 거친 방식으로 분노를 표출하는지는 어렴풋이 이해할 수 있다. '이 죽일 놈의' 대한민국 고등학생 노릇을 3년 동안 꾸역꾸역 해보지 않았다면 어림없을 일이다. 멀고먼 곳의 희미한 불빛에 의지해 깜깜한 터널 바닥을 벅벅 기어 나오던 그 기분을 몰랐다면, 마침내 툭 터진 출구에 다다랐을 때 어쩐지 더욱 초라하고 막막해지기만 하던 그 느낌을 몰랐다면 말이다.

그래서 그들의 반응을 상대적 박탈감이라 명명하고 사회적 원인을 분석하기에 앞서, 가슴이 먼저 아프다. 열아홉 살, 학력고사에서 '그저 그런 성적'을 거두고 나서, 나는 내 인생이 이제 영원히 '그저 그런 색깔'로 규정되어 버렸다고 믿었다. 하지만 진부한 경구는 가끔 옳았다. 끝난 줄 알았던 데에서 길은 다시 끝없이 이어진다. 나의 삶은, 또 내 친구들의 삶은, 우리가 열아홉 살 때는 죽어도 예측할 수 없었던 방향으로 아직도 숨차게 흘러가고만 있다.

김명인 시인은 "누구나 제 안에서 들끓는 길의 침묵을 울면서 들어야 할 때도 있는 것"이라고 말했다. 이 강인한 문장이 길 위를 타박타박 걷고 있는 대입 수험생들에게 작은 위로가 되기를 바란다. 아아, 이 나라에선 대체 언제쯤 대학입시라는 것이 좀 사소해지려나? 요원하기만 한 헛꿈인가!

지갑을 여는
이유

어린 것은 아름답고, 늙은 것은 추하다?

공주병은 가라. 바야흐로 전 국민 동안병童顔病의 시대가 들이닥쳤으니. 동안. 말 그대로 '나이 든 사람의 어린아이 같은 얼굴'을 일컫는다. 이 단어는 언제부터인가 '제 나이보다 젊어 보이는 외모의 소유자'라는 의미로 살짝 변형되어 쓰이고 있다. 오랜만에 만나는 이에게 잘 보이고 싶거든 예뻐졌다, 멋있어졌다는 간지러운 말보다 "어떻게 나이를 거꾸로 드세요?"라고 가볍게 놀라는 척하는 편이 훨씬 낫다는 건 이젠 삼척동자도 다 아는 비밀이다.

뭐 지금 남의 얘기 하고 있을 계제가 아니다. 연갈색 머리칼을 새까맣게 염색하면 훨씬 어려 보일 거라는 미용사의 조언에 홀딱 넘어가 거금을 투자하여 흑발로 변신한 인간이 바로 여기 거울 속에도 하나 있으니 말이다. 한 살이라도 어려 보일까 싶어 앞머리를 뱅 스타일로 잘라 이마를 덮는 것은 '어려 보이기'의 기본 중에 기본. 화장할 때 촉촉한 느낌으로 피부 표현을 해주면 어려 보인다는 말을 주위들은 뒤부터는 촉촉이 지나쳐 축축, 아니 아예 구두약을 문댄 듯 번들거리는 얼굴로 거리를 활보하고 있다. 피부 노화에 치명적이라는 자외선을 막기 위해 자외선 차단지수가 높디높은 U.V크림으로 처덕처덕 기초공사를 했음은 물론이다. "우와~ 그 나이로 안 보이세요"라는 옷가게 판매원의 감탄사가 농후한 장삿속에서 비롯된 것임을 번연히 알면서도 입이 귀에 걸려서는 안 어울리는 옷을 잔뜩 사버린 일도 없지 않다.

창피한 줄도 모르고 이렇듯 주절주절 고백하고 있는 것은, 확신컨대 이것이 나 혼자만의 '병'이 아니기 때문이다. 친구들과 우연히 대화를 나누다가, 그 자리에 있는 모두가 스스로를 나이보다 몇 살 어려 보인다고 철썩 같이 믿고 있는 것을 알고는 흠칫 놀란 적이 많다. 입으로야 "그래, 누가 널 30대 중반으로 보겠니?"라고 맞장구쳐 주지만, 저 모습이 내 모습이겠거니 싶어 우울해진다. 모 방송사에서 실시한 '동안선발대회'라는 요상한 이름의 대회가 펼쳐져 성황리에 방영되었다는 소식을 듣고 입이 딱 벌어졌었다. 전국에서 내로라하는 '어려 보이는 인상의 소유자'들이 참가한 이 대회에서 대상을 차지한 이는 마흔여섯 살의 주부라던가. 스무 살짜리 친아들과 나란히 선 그 모습은 과연 어머니가 아니라 여자친구라 해도 믿을 만큼 '어려' 보였다. 그 외에도 현란한 다리 찢기와 허리 돌리기 신공을 선보인 64세의 할머니, 수줍은 중학생처럼 보이는 30대 남성은 시청자의 입을 벌리게 만들었다.

혹시 보톡스를 맞은 걸지도 모른다는 둥, 활짝 웃지 않고 무표정을 고수한 건 눈가 주름을 드러내지 않기 위해서라는 둥, 질투 섞인 뒷담화를 꿍얼대어 보지만 텔레비전을 끄고 돌아서며 느끼는 감정은 역시 부럽다는 것이다. 그런데 가슴 한쪽에 설명하기 어려운 씁쓸한 의문이 묻어나는 것은 왜일까. 나이보다 어려 보이는 것이 한 개인의 내적 자원인지 외적 자원인지는 모르겠지만, 한 살이라도 덜 먹어 보이기 위해 기를 쓰고 용을 쓰는 이 시대의 세태가 대체 어디서 비롯된 건지 자못 아리송하다. 서른다섯 살의 한 인간이 (백 번 양보하여) 서른 살 즈음으로 보인다고 해서 대체 본인의 정신적 만족 외에 달라질 일이 무어란 말인가.

동안 권하는 사회가 무서운 이유는 '어린 것은 아름답고, 늙은 것은 추하다'는 대전제가 밑바탕에 깔려 있기 때문일 것이다. 그리고 그 노소老少의 기준점이 오로지 외모의 문제이기 때문일 것이다. 이 동안 열풍 밑에는 어쩌면 무서운 자본의 논리가 숨어 있다. 젊은이들이 쓰고, 젊어지기 위해 쓴다. 불로주를 팔고 사는 소비 메커니즘의 쳇바퀴 속에서 사람들은 영원한 젊음을 간직하기 위해, 혹은 늙음을 끊임없이 유예하기 위해 오늘도 기꺼이 지갑을 연다. 아아, 모두 다 나의 부질없는 변명이다. 이 다크서클만 없애준다면, 입가의 팔자주름만 완화시켜 준다면 주머닛돈을 털어 당장 달려갈 주제에!

착한 딸과
나쁜 딸년

가족은 생생한 욕망으로 살아 펄떡이는 '인간들'의 유기체라는 것을

당신에게도 가족이 있나요? 가족. 그래요. 가족.

"엄마, 일본의 유명한 영화감독이 그랬대. 가족은, 누가 보지만 않는다면 내다 버리고 싶은 존재라고." "그래? 아무도 안 본다면, 그러고 싶은 사람들이 있을지도 모르겠다. 나? 나는 너를 제일 먼저 갖다 버릴 거야. 말도 지지리 안 듣는 딸. 그런데 아마 너는 나를 못 버릴걸. 엄마 없으면 불편해서 네가 어떻게 사니?"

아, 역시 우리 엄마, 너무 많은 걸 알고 계시군요. 고백합니다. 수많은 당신들처럼 저도 누군가의, 매우 이기적인 가족입니다. 가족 관계도圖에서 '장녀'라는 위치를 맡고 있는 저는 세상의 모든 딸들이 딱 두 부류로 나누어져 있음을 잘 알아요. 착한 딸과, 나쁜 '딸년'!

안타깝고 통탄스런 일이지만 부모님에게 어쩐지 저는 후자인 것 같

네요. "너랑 똑같은 딸 낳아서 한번 키워봐라." '딸년'을 향해 날릴 수 있는 최대치의 저주가 겨우 그만큼이라는 건 오래전에 파악했으므로 별로 두렵지 않아요. 물론, 저를 제외한 다른 집 딸들은 죄다 '착한 딸'이라는 엄마 말씀도 더 이상 믿지 않지요. 가끔 억울할 때도 있습니다. 집 밖에서라면 사실, 저도 꽤 반듯하고 성실한 인간이기 때문이에요. 하긴 누군들 안 그렇겠어요. 대문 밖을 나서자마자 우리들은 좋은 친구, 좋은 애인, 좋은 회사원, 심지어 좋은 유권자가 되기 위해 동분서주하잖아요. 그렇다면 당신은 단 한 번이라도 누군가의 좋은 가족이 되기 위해 노력해 본 적 있나요? 혹자는 이렇게 항변할지도 모르겠네요. "노력이라니, 가족을 모독하지 말라구. 가족은 그런 게 아냐. 〈집으로...〉라는 영화도 못 봤나? 이 험한 세계의 유일한 등불, 가족의 사랑은 본능적이고 무조건적이고, 그래서 고귀한 거야."

그러나, 지친 영혼을 고결하게 감싸주는 쉼터이기 전에, 혹은 귀찮아서 벗어던지고 싶은 무거운 짐짝이기 전에, 가족은 사람과 사람 사이의 공동체가 아니었던가요? 나와 똑같은 피와 살과 감정을 가진 타인에게 '사랑' 또는 '본능'이라는 이름으로 맹목적이고 일방적인 희생만을 강요한다면 그건 파시즘만큼이나 부당한 일일 거예요. 친밀감을 가장한 폭력이 더 위험한 법이잖아요. 가사노동의 알맹이만 쏙 빼먹고는 집 밖을 나서는 순간 말끔한 얼굴이 되는 당신, 영화 속 외할머니의 가없는 희생에 주르륵 눈물 흘리며 속죄의 카타르시스를 은밀히 만끽하는 당신, 그리고 나.

아름답고 환한 계절 오월이 어김없이 돌아왔습니다. '가정의 달'이 이미 달력 속에 박제된 구호일지라도, 잊지 마세요, 가족은 생생한 욕망으로 살아 펄떡이는 '인간들'의 유기체라는 것을. 그리고 이렇게 '열린 가족'은 '닫힌 가족주의'보다 아름답다는 것을. 세상의 모든 합리적 관계들처럼 가족도 결국 타자에 대한 이해와 소통의 공간이어야 할 테니까 말이에요.

그녀의
전략

지금 이 땅의 젊은 여성들은 제 생애와 실존을 걸고
치열하게 고민하고 있다

의학적 가임 연령이라는 것이 존재한다면, 나와 내 친구들은 지금 그 한복판을 스륵 지나고 있는 셈이다. 친구 A는 일찌감치 결혼하여 내년이면 학부모가 된다. 육아 때문에 직장을 그만둔 그녀는 누군가 둘째 계획을 묻기만 해도 미간을 찌푸린다. "한 달에 아이 앞으로 수십만 원씩 들어가. 애 때문에 이민 떠나는 심정이 이해된다니까." 친구 B는 몇 년 전 결혼했지만 아직 아이를 낳지 않았다. 미룰 수 있는 데까지 미뤄보겠다는 것이 그녀의 '전략'이다. "애가 태어나는 순간부터 모든 게 다 엄마 책임이라는 걸 뻔히 아는데 어떻게 대책 없이 낳니?" 친구 C는 결혼도 하지 않았고 아이도 없다. 그녀의 결심은 확고해 보인다. "영원히 낳고 싶지 않아. 내 아이가 태어나 자라기엔 이 세상이 너무 팍팍한 걸." 그녀의 마지막 말이 가슴에 비수처럼 와 꽂힌다. "출산율은 꼴찌지만,

고아수출은 일등인 나라. 거기가 바로 여기잖아."

얼마 전, 우리나라 여성의 출산율이 OECD 가입국 중 최하위라는 소식이 전해졌다. 가임 여성 1인당 합계 출산율 1.17명이라는 수치를 놓고 여기저기서 우려의 목소리가 들려온다. 혹자는 망국의 징조라고 흥분하면서 힘든 출산과 육아의 길을 피해 가려는 젊은 여성들을 탓하기도 한다. 그러나 과연 출산율이 높아지기만 한다면, 집집마다 아이들 두셋씩 낳아 기르기만 한다면, 우리의 미래는 장밋빛이 되는 것일까? 유감스럽지만 나는 낙관적인 전망을 할 수가 없다. 저출산의 문제는, 가족을 둘러싼 복잡 미묘한 사회현실이 얽혀 있는 '뜨거운 감자'임을 알기 때문이다.

이 땅의 가족이 전장戰場에 서 있다는 사실을 굳이 설명할 필요가 있을까. 불치병을 앓는 딸의 치료비를 감당하지 못해 인공호흡기를 떼어버린 실직자 아버지, 가장의 폭력을 견디다 못해 살인을 저지른 17세 아들, 갓난아기가 죽어버리자 병원에 두고 도망친 노숙자 어머니, 이 땅에서 고아로 살게 놔두느니 차라리 함께 죽는 편이 아이를 위하는 길이라 믿어 의심치 않았을 '자녀동반자살 사건'의 수많은 부모들. 이들 모두가 처음부터 막다른 골목에 몰려 있지는 않았을 것이다. 이것은 '나'의 문제, '우리 집안'의 문제일 뿐이라고 되뇌며 상처가 곪아터지도록 견디고 또 견디었을 것이다. 철저히 고립된 '가족'이자 '개인'으로서 그들은 몹시 외로웠을 것이다. 그런데 그때, '국가'와 '사회'는 도대체 어디 있었는가! 가족 속에서 겪는 개인들의 고통을 보듬어주기는커녕 사적 영역의 일로 치부한 채 외면하지 않았는가. 부모 노릇, 자식 노릇이라는 미명하에 집안일은 각자 알아서 해결하라고 등 떠밀지 않았는가. 제도 안의 규범을 위반한 개인을 단죄할 때에만 공권력의 매서운 칼날을 겨누지 않았는가.

사랑하는 내 친구들 A와 B와 C. 그녀들은 대한민국 어디서나 쉽게 마주칠 수 있는 평범한 여성들이다. 그녀들이 왜 아이 낳기를 거부하는가, 혹은 포기하는가. 국가는 그녀들에게 출산수당이라도 줄 테니 장래 산업역군이 될 건강한 아이를 낳아 길러달라고 요구하고, 사회는 그녀들에게 모성본능을 거스르는 발칙한 여자들이라며 손가락질한다. 하지만 그녀들의 진짜 속내에 대해서는 아무도 관심을 가지지 않는다. 아이를 낳겠다는 선택과 낳지 않겠다는 선택, 그 사이에서 지금 이 땅의 젊은 여성들은 제 생애와 실존을 걸고 치열하게 고민하고 있다. 그리고 어쩌면 "안 되겠어. 도저히 못 낳겠어"라고 어렵게 결심하는 바로 그 순간, 그녀들은 이 괴물 같은 시대를 향해 슬픈 비명을 지르고 있는 것인지도, 정녕 그런 것인지도 모르겠다.

'여자'의 행복에 관한
몇 가지 사소한 중얼거림

각각의 방식 안에서 행복해지기 위해 산다

2001년 9월, 미국 마이애미의 한 고속도로변. 아무 옷도 걸치지 않고 나체 상태로 길을 배회하던 할머니가 음란죄로 경찰에 체포되었다. 그녀의 이름은 글로리아 헤밍웨이. 한눈에도 정상으로 보이지 않는 할머니를 조사하던 경찰은 깜짝 놀랐다. 할머니는, 『노인과 바다』의 작가이며 유명한 대문호인 어니스트 헤밍웨이의 아들이었던 것이다. 아들. 그렇다. 그녀는, 혹은 그는 원래 남성이었다. 어니스트 헤밍웨이의 셋째 아들로 태어난 그 사람의 본명은 그레고리 헤밍웨이. 알코올중독과 네 번의 이혼, 그것이 남성으로 육십여 해를 살아온 그 사람의 이력서였다. 그는 언제나 위대한 아버지의 그늘을 벗어나고자 노력하였으나 현실은 만만하지 않았다. 예순세 살, 생애 네 번째 이혼을 하던 날, 그는 마침내 제 실존을 건 커다란 결단을 내린다. 더 이상 수컷이기를 포기하고, 성전환수술을 한 것이다.

'아버지'를 극복하지 못하는 무능한 아들의 자괴감을 벗어던지는 가장 분명한 길은 '아들'이기를 포기하는 것이라고, 그는 생각했을 것이다. 성별을 바꿀 만큼 절실하게 그는 행복해지고 싶었을 것이다. 틀림없이 행복해지리라는 확신만 있다면, 그 불행한 남자는 머리칼을 빡빡 밀었을지도 모르고 다리 한쪽을 잘랐을지도 모른다. 페니스 절제 수술을 받으며 그는 희망의 위력으로 설레었을까. 그렇게 여자가 되고 난 뒤에, 그는 행복했을까.

여자라서 행복하다? 글로리아 헤밍웨이 씨께는 미안하지만, 삼십 년이 넘도록 이 땅에서 여성으로 살아온 나는 그 말에 동의할 수 없다. 솔직하게 말하자. 여자라는 생물학적, 사회적 성별로 세상을 살아가는 일은 결코 쉽지 않다. 쉽기는커녕 도처에 지뢰가 널려 있다. 여자라서 행복할 일이 얼마나 없었으면, 오죽하면 새 냉장고 하나로, "여자라서 행복해요!"라고 부르짖겠는가.

친구 하나는 심은하, 김희선, 송혜교에 이르기까지 당대를 대표하는 아름다운 여성 스타들이 우아하게 웃고 있는 그 냉장고 광고를 볼 때마다 엉뚱한 상상을 한다고 했다. 그녀들 대신 정우성이나 권상우, 조인성 같은 남자 청춘 스타들이 냉장고 옆에 서 있으면 어떤 그림이 나올지 궁금하다는 것이다. 눈처럼 새하얀 에이프런을 두른 권상우가 젠 스타일의 세련된 주방에서 나온다. 화면의 한가운데 매끈하고 반들반들 윤이나는 최신형 냉장고와 사이좋은 형제처럼 나란히 선 채, 그가 씩 웃는다. "남자라서 행복해요." 그렇다면 냉장고는 무조건 D 브랜드가 최고라고 주장하는 무임 판촉사원의 역할을 맡았을 텐데, 아까워 죽겠다며 친구가 입맛을 다셨다. 새 냉장고가 여자만의 행복이 아니라 가족 구성원 모두의 행복이 될 때, 대한민국 여자들의 평균 행복지수가 가일층 상승하리라는 것은 오년 차 가정주부인 그 친구의 즐겁고 뼈아픈 공상이다.

2002년 영국의 심리학자 로스웰과 인생 상담사 코언은 '행복지수' 라는 공식을 발표했다. 더없이 추상적인 개념이라고 믿어져왔던 행복을 계량화시키는 방법은 예상보다 간단하다. 개인적 특성(p)보다 건강, 돈, 인간관계 같은 생존조건(e)을 5배 정도 더 중요하게 치고, 또 야망, 자존심, 기대감이나 유머 같은 고차원의 상태(h)를 그보다 3배 더 중요하게 계산한다. 그 결과 세계에서 가장 행복감을 느끼는 국민을 둔 국가는, 미국이나 일본, 프랑스 같은 이른바 선진국이 아니었다. 북유럽처럼 훌륭한 사회보장제도를 갖춘 나라의 시민들도 결코 행복하지 않았다. 세상에서 가장 행복지수가 높은 곳은 놀랍게도 세계 최빈국 중 하나인 방글라데시였다.

　이런 결과는 처음이 아니라고 한다. 그보다 몇 해 전, 런던경제대학에서 조사한 바에 따르면 현실에 대한 만족도가 가장 높은 것은 방글라데시, 아제르바이잔, 나이지리아의 순서였다. GNP(국민총생산)나 GDP(국내총생산)와 행복은, 아무런 상관관계가 없는 것이다.

　가난한 나라 사람들이 더 행복한 이유는, 무엇보다 인간이 너무 쉽게 더 좋은 것에 적응을 해버리는 존재이기 때문일 것이다. 몹시 더운 날 부채밖에 없을 때는 선풍기의 바람에 감지덕지하지만, 곧 에어컨이 생기면 이내 선풍기의 힘이 아무것도 아님을 알게 된다. 몸이 먼저 배반하는 그 익숙한 반복. 행복은 조용히 곁을 스쳐 지나간다.

　글로리아가 된 그레고리에 대한 질문으로 되돌아가보자. 그렇게 여자가 된 후에 그는 행복했을까. 안타깝게도 기록은, 그렇지 않다고 말한다. 성전환수술을 하고 음란죄로 체포되기까지 그는 심각한 우울증에 시달렸다. 행복해지리라는 확신만 있다면 그는 다시 한 번 성별을 바꾸었을지도 모른다. 머리를 빡빡 밀었을지도 모르고 다리 한쪽을 기꺼이 잘라냈을지도 모른다. 자신의 관자놀이에 총구를 갖다대었을지도 모른다. 손에 38구경 권총을 드는 대신 그는 술병을 들었고 고통스러운 현실을 잊기 위해 폭음했다. 음란죄로 고속도로에서 체포된 얼마 후 재판을 기다리던 그는 여성의 몸으로 구치소에서 사망했다. 죽은 그 사람을 남자라고 해야 할지 여자라고 해야 할지 잘 모르겠다. 성별은, 그 인생의 행복에 그다지 중요하지 않은 요인이었을 것이다.

전 세계 인구는 육십억이다. 그 육십억 명의 인생목표는 각자 다 다르겠지만, 결국 우리 모두는 각각의 방식 안에서 행복해지기 위해 산다. 행복이 마음의 문제라면, 그것은 곧 자기 앞에 놓인 생을 어떻게 받아들이느냐의 문제일 터다. 여자이기 때문에 행복하다, 또는 여자이기 때문에 불행하다는 고백을 이제는 정말로 그만두고 싶어진다. '때문'은, 비겁한 의존명사다.

나는 행복한 여자가 아니라, 행복한 사람으로 늙어가고 싶다.

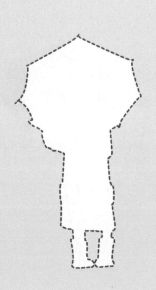